Vétos d'Avent

25 contes de Noël pour enfants

Titre original : Vétos d'Avent – 25 contes de Noël pour enfants

ISBN : 9798866443819

Couverture : Juliette Tirat (vétérinaire, 56)

Logo des *Vétos à plumes* : David Volpi (mari de vétérinaire, 69)

Dépôt légal : novembre 2023

Vétos d'Avent

25 contes de Noël pour enfants

Compilation réalisée par Bouffanges et Van Gyver

Les textes ont été relus et corrigés par Van Gyver, que les auteurs remercient vivement pour son travail minutieux et pertinent.

Tous les auteurs et illustrateurs de ce recueil sont des vétérinaires ou auxiliaires vétérinaires français. Une usurpatrice s'est glissée parmi les illustrateurs, mais elle est fille de vétérinaire, alors ça va.

L'intégralité des fonds récoltés est reversée à l'association Vétos-Entraide.

Table des matières

1. Joyeux Noël, Romuald
Marie-Anne Dunoyer
Vétérinaire (44)

Romuald grelottait de tout son corps contre la barrière en bois. L'hiver et ses premiers flocons venaient à peine de faire leur apparition et cet agneau de l'année peinait déjà à empêcher ses mâchoires de s'entrechoquer. Il avisa sa mère, Tartinette, qui broutait non loin des touffes d'herbe gelées. Troquer le bois de la palissade contre le flanc nu et rose de sa génitrice lui apporterait sûrement plus de chaleur. L'un contre l'autre, entrechoquements glacés.

— Maman, pourquoi nous les moutons sommes condamnés à avoir si froid ?

— C'est comme ça, Romuald, tu n'as qu'à courir pour te réchauffer.

Tartinette continuait à manger sans prêter attention à ses propres grelottements, une fine couche de glace craquant sous ses dents.

Quittant sans regret le giron de sa mère, dont les tremblements de froid ne l'avaient pas réchauffé, Romuald galopa sans but dans la petite prairie. Tout droit, un coup à gauche, un saut à droite, l'air hivernal brûlait les poumons, mais les muscles roulaient sous la peau, et le réchauffaient. Maman Tartinette avait dit vrai. Près du vieux chêne déplumé de ses feuilles, son chemin croisa celui d'un drôle d'animal. Ce dernier avançait sur deux pattes fluettes, fouettant ses ailes ocre, et fendant l'air de sa petite tête par des mouvements saccadés. Ses plumes ébouriffées le protégeaient du froid, et Romuald regardait avec envie cet oiseau que d'aucuns qualifient de stupide. Il se souvenait avoir déjà vu cette espèce dans l'imagier que lui avait offert sa tante Gamelle. Il s'en fut de nouveau voir sa mère.

— Maman, tu vois cette drôle de bête là-bas dans l'herbe ? C'est donc ça une poule ?

— Oui Romuald, c'est une poule.

— Elle n'a pas froid, elle.

— Chaque être mène ses combats, Romuald.

— Elle n'a pas l'air de souffrir beaucoup, cette poule.

— Détrompe-toi Romuald, une fois par jour, elle doit parvenir à faire sortir une sorte de caillou très dur et très gros par son cloaque. Je voudrais bien t'y voir !

— Et le cheval dans le pré d'à côté ?

— Imagine le temps qu'il doit passer tous les jours à démêler sa longue crinière. C'est un sacerdoce !

— Et le renard alors ? Il est malin et se débrouille toujours !

— Tout le monde dit de lui qu'il est vil et roublard ! Crois-tu que le renard ait beaucoup d'amis ?

— N'empêche, ça vaut mieux que de subir toutes les intempéries.

— Cesse de te plaindre Romuald. Fais comme les autres agneaux, réjouis-toi des fêtes qui approchent, rédige une lettre au père Noël.

L'agneau, tremblotant et malheureux, alla se coucher à l'abri d'une roche imposante. Le froid le maintenant éveillé, il en profita pour gamberger. Cette fourrure que la nature ne lui avait pas donnée, il ne tenait qu'à lui de se la procurer.

❋ ❋ ❋

À la lisière de la forêt, Romuald huma l'air, à l'affût d'une odeur musquée caractéristique d'un prédateur. Rien du tout. Que des senteurs d'humus et de pins. L'agneau s'avança lentement, en joie de sentir les brindilles craquer sous ses onglons, lui qui n'avait jamais foulé que de l'herbe. Une souris lui fila sous le nez, pressée comme pas deux de rejoindre sa famille. Romuald l'aperçut se glisser sous un petit dôme de feuilles et d'aiguilles de pin pour rejoindre ses souriceaux qui y dormaient, repus de chaleur et d'amour.

Carole Tymoigne
Auxiliaire vétérinaire (29)

Qu'à cela ne tienne, lui aussi allait se créer un nid douillet. L'un de ses pieds se figea soudain, comme soudé au sol. Romuald tira de toutes ses forces de jeune mouton pour libérer son membre. Il y parvint, mais chuta dans son effort. Une fois relevé, il constata que ce qui avait englué son pied n'était autre que de la résine de pin. Il s'en était maculé le dos en tombant. Prompt à tirer d'une mésaventure une solution, Romuald se macula de plus belle de toute la résine qu'il put trouver dans la forêt, avant de se rouler dans les feuilles mortes.

Vêtu de son nouveau manteau, Romuald regagna la prairie, réchauffé par l'amas de matière organique qu'il portait maintenant sur le dos.

Dès qu'elle le vit, sa mère Tartinette accourut vers lui, affolée. Elle le gronda très fort, lui tira les oreilles et hurla son anxiété.

— Romuald ! Combien de fois t'ai-je répété de ne pas aller dans la forêt ? Dois-je te rappeler combien de brebis n'en sont jamais revenues ?

— Mais je voulais…

— Je me fiche de ce que tu voulais ! Tu es tout sale par-dessus le marché ! Si tu continues comme ça tu seras privé de cadeau de Noël, que ce soit clair, j'informerai personnellement le père Noël de tes incartades !

Tête basse, Romuald regagna le troupeau. À chacun de ses pas, la résine se craquelait et les feuilles protectrices tombaient au sol. Il avait plus froid que jamais.

❄ ❄ ❄

Romuald avait appris à se résigner et avait grelotté depuis lors comme le mouton qu'il était. Les préparatifs de la fête de Noël avaient battu leur plein et l'avaient occupé alors que les flocons chatouillaient sa peau nue. Il avait fallu ériger un beau sapin, le décorer avec des boules brillantes sorties de vieux cartons mystérieux, et surtout rédiger sa lettre au père Noël. Romuald n'avait pas demandé de cadeau, il s'était contenté de coucher sur le papier ses regrets pour son comportement impétueux et dangereux.

Au pied du sapin s'amoncelaient des paquets par dizaines. Le troupeau de moutons s'agitait, réchauffé par la ferveur de la fête. Les agneaux cherchaient leur cadeau, des étoiles plein les yeux. Romuald se promenait parmi tout ce petit monde, ne sachant pas si le père Noël lui avait laissé quelque chose. Il trouva finalement son cadeau contre le sapin, l'un des plus gros cadeaux qu'on ait jamais vus, gigantesque, rond et dodu. Il le palpa avec empressement, et n'y tenant plus, déchira délicatement le papier. Il découvrit un fil épais roulé sur lui-même, une véritable pelote. Il tâcha de la dérouler, s'entourant du fil doux et réconfortant. Ce fut à cet instant que la brebis Trompette s'écria :

— Au secours ! Au loup ! Nous sommes encerclés !

Un vent de panique gagna le troupeau. Trompette commença à courir dans tous les sens, et dans un réflexe panurgien, tous les moutons l'imitèrent. Tartinette s'élança vers son fils Romuald pour le protéger, et ce faisant, se prit les pieds dans la pelote. Le fil s'étendit, et bientôt, tous les moutons du troupeau se trouvèrent, un à un, piégés dans la pelote géante.

Fort heureusement, les loups que Trompette avait cru apercevoir n'étaient que des cailloux pointant à l'orée du bois. Sa vue se faisait de plus en plus mauvaise, Romuald espérait qu'elle recevrait des lunettes pour le Noël suivant. Le troupeau attendait, immobile, craignant l'apparition de prédateurs qui n'auraient qu'à les croquer les uns après les autres.

✳ ✳ ✳

Le fermier marchait vers les alpages, accompagné de son chien noir et blanc. Tous deux avaient le regard fixé sur le sommet de la colline, de l'autre côté de laquelle se trouvait le troupeau.

Quelle ne fut pas leur stupeur lorsqu'ils aperçurent les moutons, agrégés en une boule compacte, prisonniers d'un fil doux et épais ! Le paysan sortit son Opinel et tâcha de séparer les moutons les uns des autres, coupant ici et là le fil qui les reliait tous. Une fois libérés, les ruminants, soulagés de retrouver une intimité relative, se couchèrent pour récupérer de leur inattendue nuit de Noël.

Lorsque l'homme voulut s'approcher d'eux pour retirer la toison qui les entourait, les moutons déguerpirent sans demander leur reste, effrayés par le couteau affûté. Le fermier haussa alors les épaules.

— Ce satané fil finira bien par s'en aller. »

Il repartit par où il était venu, le chien dans son sillage.

Au petit matin, Tartinette alla réveiller son fils.

— Romuald ! Cette pelote dans laquelle nous sommes tous enserrés… quelle douceur, quelle chaleur ! Le troupeau n'a jamais aussi bien dormi. Tu avais raison, pourquoi s'infliger un mal que l'on peut éviter ? Nous te devons une fière chandelle.

Pour la première fois de sa vie, Romuald eut le plaisir d'une étreinte chaleureuse avec sa mère.

Par les mystères de l'épigénétique, non seulement chaque mouton conserva sa toison, qui semblait prendre racine dans leur peau nue, mais les agneaux naquirent emmaillotés d'un fin duvet blanc, qui poussait à mesure des années, rempart contre le froid. Que rêver comme plus beau cadeau de Noël ?

2. Firmin le lutin
François-Xavier Buffet
Vétérinaire (06)

— Ça TINtinnabule !!! fait Firmin en cognant les deux chopes en étain qu'il tient dans les mains.

Réveillé en sursaut, Papa Noël grommèle :

— Firmin, tu es un lutin bien vilain. Va te coucher, nous en reparlerons demain.

Au matin, Firmin fait moins le malin. Il va se faire gronder, ça, il en est certain, pourtant Noël s'en vient, alors pour que personne ne manque de rien, il s'applique à faire rire. Car rire, c'est bien. Et il est vrai que Firmin est un lutin taquin.

À toute heure et à quiconque, il tente en vain de faire jaillir les rires de leurs écrins. Néanmoins, il semblerait qu'avec ses farces il n'arrive à rien. Car à force de faire des blagues, il n'a plus beaucoup de copains… et dès qu'il approche, les autres lutins partent au loin. Cette nuit, même Papa Noël, d'habitude si gentil, lui a semblé bien chafouin.

Alors, comme il est triste, il se met à pleurer dans un coin.

Il pleure, car lui qui sème le bonheur, ne récolte que le déshonneur. Il y met tant d'ardeur que sa vie devient un film d'horreur. Il mène un combat de sapeur pour lutter contre la mauvaise humeur, mais ses facéties, au lieu de l'ériger en fédérateur, multiplient ses détracteurs. Mais comme il faut faire contre mauvaise fortune bon cœur, il continue ses pantalonnades avec candeur. Pourtant, rien n'y fait : malgré ses canulars, chez ses camarades, aucun sourire n'affleure.

Il trouva la solution à ses malheurs auprès de Tombeur, le lutin apiculteur :

— Tes plaisanteries piquent plus que le dard de tous mes butineurs, alors, au lieu de rire, les autres lutins accumulent la rancœur. Il ne faut pas que tu aies peur. Tout le monde reconnaît ton labeur. Cesse de faire tes tours et laisse profiter les autres de ton côté rieur.

Alors, Firmin, pour lutter contre son chagrin, cesse de faire le coquin et, pour s'occuper, il se met à travailler avec entrain. Il rend service à ses voisins. Et dans les ateliers de jouets, il finit son travail dès le matin... L'après-midi, au lieu de faire des farces, il aide les autres lutins, toujours prêt à donner un coup de main. Jamais l'atelier de Papa Noël n'a été aussi serein. Ainsi, le soir, dans son bain, il repense à tous les « mercis » et au plaisir qu'il a à répondre « de rien ».

Et sans clameur, il récolte son butin. Des rires au lieu des pleurs : tout est bien qui finit bien.

Stéphanie Chenuaud
Vétérinaire (53)

3. Le rat et le bibliothécaire

Florian Touitou

Vétérinaire (31)

Un menaçant nuage à la teinte obsidienne
Dardait un petit rat. Comme autant de missiles
Les gouttes le frappaient et la pluie diluvienne
Le força, prestement, à chercher domicile.

Il avait vadrouillé ; et par monts et par vaux
En battant la campagne, en explorant la ville,
Avait connu terriers, niches et caniveaux.
Il rêvait maintenant d'un havre plus tranquille.

Au sommet d'un perron, une porte écaillée
Laissait passer, diffus, un fin trait de lumière.
Le rat s'enhardit et de l'huis entrebâillé
Poussa l'extrémité, entra dans la chaumière.

À défaut de soleil, les murs étaient couverts
De rayons imposants de bouleau ou de chêne,
Où dormaient nonchalants dans des lits de poussière
Des ouvrages vermeils, des recueils par centaines.

Un fauteuil écarlate, au centre de la pièce,
Trônait sous les lampions, en son sein : un vieil homme.
Lui ferait-il payer son élan de hardiesse,
Son volume aplati sous la livre d'un tome ?

— Approche mon ami. » La voix est chaleureuse.
Les yeux cerclés de verre et la bouche marquée
Des rides du rieur. La mine est bienheureuse
Et surprise à juger par ses sourcils arqués.

— Je ne me doutais pas, je n'avais pas idée
Qu'on me rendrait visite en ce matin pluvieux.
Mais te voilà pourtant, timoré muridé.
Allons, si tu le veux, faire le tour des lieux.

Tu as sur ce mur-ci, tous mes romans de gare.
Je les dis en sursis, mais soyons réalistes
Si je manquais de place ils iraient au placard,
Mais depuis des années ils sont là, ils résistent.

Ici mes fabliaux, là le théâtre antique,
Ici le cinéma, la photo, les poètes,
Les Mallarmé, Verlaine et les grands romantiques.
Là, l'Odyssée d'Homère et l'œuvre de Colette.

Sur ce pan, Jules Verne et Orwell se côtoient,
Peter Pan fait la moue, le Petit Prince exulte,
Oliver aimerait pouvoir trouver un toit
Et l'odieux Tom Sawyer se répand en insultes.

Dans ce coffre Picsou veille sur son trésor,
Dans celui-là Garfield assoupi se prélasse,
Sur ce rayon Harry affronte Voldemort,
Et ici Léonie est première de classe.

Des Fleurs pour Algernon ou bien Les Fleurs du mal,
Bérénice en Judée, Don Rodrigue en Castille,
Les corons poussiéreux au temps de Germinal,
L'amour au temps du choléra dans les Antilles.

Cécile Beaussac
Vétérinaire (34)

Ces livres sont pour moi comme autant de radeaux
Qui sombrent lentement quand s'abîme ma vue.
Prends, lis, relis, voyage et fais-moi le cadeau
De vivre à travers eux quand je ne serai plus.

Une larme dans l'œil, le rat fait le serment
De dévorer bouquins, feuillets et parchemins.
Sur les lettres voguer, et dans ses errements
Sans cesse du fauteuil retrouver le chemin.

Et depuis tous les soirs, au coin d'un feu de bois
Un vieillard et un rat se lisent des histoires,
Parcourent des grimoires et laissent çà et là
Des notes au crayon et des trous de mémoires.

4. Les illuminations de Noël

Lorenza Siciliano
Vétérinaire (69)

Catastrophe au pays du père Noël !

Il est bientôt l'heure de la tournée de distribution des cadeaux, et Rudolph, le chef des rennes, est enrhumé. Il n'est pas très malade, mais c'est lui qui, tous les ans, guide le père Noël dans les nuages de tempête grâce à son nez rouge et lumineux. Le problème est qu'avec ce vilain rhume, le nez de Rudolph ne fonctionne plus.

Le vétérinaire vient en urgence tenter de guérir le renne, mais malgré les gouttes nasales, les sirops et même les injections, le nez reste désespérément éteint.

— Malheureusement, il faudra bien encore un jour ou deux pour que Rudolph guérisse et puisse de nouveau éclairer le chemin, annonce le vétérinaire avec regret.

— Oh non ! Comment faire ? Comment faire ? répète le père Noël, inquiet, en tournant en rond et en triturant sa barbe. Nous allons être en retard, les enfants vont nous attendre ! Quel manque de chance !

— Peut-être pourriez-vous mettre les cadeaux dans ma voiture, propose le vétérinaire.

— C'est gentil à vous, docteur, mais ce n'est pas possible ! Regardez la montagne de cadeaux qui se trouve dans mon traîneau magique ! Il faudrait faire des milliers d'allers et retours pour tous les distribuer !

À force de tourner en rond et de taper du pied, le père Noël finit par réveiller les insectes de sa maison, qui hibernaient tranquillement entre les lattes du plancher.

— Mais enfin ! Quel est ce tapage ? râlent les araignées, les yeux gonflés de sommeil.

— Pourquoi tout ce vacarme ? ajoutent les scarabées.

— Nous ne pouvons pas dormir ! se plaint le chef des lucioles.

— Rudolph est enrhumé ! se désole le père Noël. Les enfants n'auront pas leurs cadeaux ! Comment faire ?

Ce sont désormais le père Noël, les rennes et tous les insectes de la maison qui tournent en rond dans le salon, à la recherche d'une solution. Comment faire pour distribuer les voitures électriques, les jeux de société, les peluches ou les poupées aux enfants, si l'attelage se perd dans les nuages de tempête ? Tout à coup, Rudolph a une idée :

— Peut-être pourrions-nous demander aux lucioles de nous éclairer ? Leurs lumières sont faibles, mais si elles participent toutes, elles pourront nous guider. Qu'en pensez-vous, chef des lucioles ?

— Vous éclairer dans le vent et la neige ! Mais vous n'y pensez pas ! Nous, les lucioles, ne supportons pas le froid, nous allons mourir si nous sortons de la maison ! Impossible pour nous de vous aider !

Les araignées arrivent alors à la rescousse :

— Et si nous vous tricotions des petits manteaux de soie ? Ils seraient assez épais pour vous protéger contre le froid, mais diffuseraient votre lumière ?

— Très belle proposition ! Nous pouvons toujours essayer ! déclare le chef luciole.

Et il se prête au jeu des essayages, pendant que les araignées tissent autour de lui une épaisse doudoune soyeuse.

— Elle me va comme un gant ! se réjouit-il. Et j'ai bien chaud avec ! Pas de doute : ainsi nous supporterons la tempête ! Venez ma famille et mes amis ! Aidons le père Noël cette année.

Les araignées s'activent alors à tisser des dizaines de petites doudounes destinées aux lucioles.

— Moi je veux la jaune ! s'écrie la fille du chef des lucioles.

— Et moi la verte ! indique son cousin.

— Et moi la rouge ! Et moi la bleue ! Et moi la rose ! réclament bientôt toutes les lucioles.

Confortablement et chaudement emmitouflées dans leurs beaux manteaux, les lucioles entourent bientôt les rennes prêts à tirer le

Lauriane Devaux
Vétérinaire (44)

traîneau. Leurs petites lumières cumulées forment comme une nuée d'étoiles colorées.

— Merci de tout cœur, leur dit Rudolph, les larmes aux yeux. Je vous suis infiniment reconnaissant pour les enfants. Je vous préparerai un bon chocolat chaud à notre retour !

C'est cette multitude de petites lumières de toutes les couleurs que les enfants et leurs parents virent dans le ciel, cette année-là, quand le père Noël fit sa distribution de cadeaux. Elles leur apparurent comme autant de petites étoiles bienveillantes en cette froide nuit d'hiver. Ils furent tellement éblouis que la fête et la magie en furent encore plus belles, et ils décidèrent de créer des guirlandes brillantes et des décorations avec des petits lampions de couleur.

C'est pourquoi, depuis ce jour, à Noël, toutes les rues et les maisons sont illuminées, pour recréer cette magie, en hommage aux lucioles qui ont, une année, éclairé le chemin du père Noël.

5. Le secret du père Noël
Alice Laurens
Vétérinaire (Grande-Bretagne)

Puisque Noël approche désormais à grands pas, je ne résiste pas à la tentation grisante de vous révéler un grand secret sur la nuit de Noël. Cette soirée magique fascine petits et grands depuis toujours. Mais vous êtes-vous réellement déjà demandé comment fait l'illustre père Noël pour se rappeler de tous les présents à apporter ? À tous les enfants ? De toute la planète ? Mes petits amis, je vous le donne en mille… le père Noël a un secret.

Sous son légendaire bonnet rouge, le vieil homme camoufle une véritable botte secrète. Si vous avez l'occasion d'apercevoir le père Noël sur son traîneau le soir du 24 décembre, ce qui peut présenter une certaine difficulté car les enfants sont bien souvent déjà couchés lorsque l'illustre bonhomme fend le ciel tiré par ses rennes, vous pourrez voir son bonnet bouger. Bouger... Mais que dis-je ? Le chapeau de laine se tortille et se dandine, danse dans tous les sens, prend vie ! Sous le célèbre couvre-chef se cache, bien au chaud dans le cocon de maille rouge, une petite silhouette rousse à la queue en panache, gracile et agile, avec de minuscules oreilles surmontées d'un délicat pinceau de poils. Le rongeur arboricole se démène follement, menant une sorte de danse exaltée, tout en déversant une litanie de petits bruits avec force gestes. Mais que fait-il exactement ?

Le petit écureuil futé, répondant au craquant nom de Noisette, joue un rôle crucial lors de la nuit de Noël. C'est Noisette qui, tout au long de l'année dans l'atelier du père Noël, est responsable de la Grande Liste de Noël. À la tête d'une équipe de plus d'une centaine de lutins, le zélé rongeur supervise la prise en charge de toutes les listes envoyées par tous les enfants du monde entier, les classe et les ordonne pour en faire un catalogue gigantesque, une liste unique, le

Saint des saints : La Grande Liste de Noël. Contenant des millions de pages, lourde et très encombrante, la Grande Liste ne peut pas être prise sur le traîneau le soir de Noël, ne laissant ainsi plus de place pour les cadeaux.

Heureusement, Noisette est un petit écureuil très intelligent : il a une mémoire d'éléphant. Il connaît donc la Grande Liste de Noël par cœur ; et c'est lui qui, chaque Noël, chuchote fébrilement dans l'oreille du père Noël, bien à l'abri du froid sous le couvre-chef rouge, quels cadeaux doivent être livrés à tel enfant.

Mais une nuit de Noël, il y a bien longtemps, Noisette a failli ne pas remplir sa mission. Alors que le traîneau du père Noël glissait dans le ciel cantalien au-dessus de quelques burons épars dans la vallée du Puy Mary, il atterrit sur le toit enneigé d'une ferme isolée. Mais la neige recouvrant le toit avait caché une lauze mal fixée et l'un des rennes du père Noël se foula le sabot dessus et tomba. La chute du renne secoua le traîneau tout entier, le père Noël fit un grand bond sur la banquette du traîneau ; Noisette perdit l'équilibre et bascula silencieusement du chapeau du père Noël sur l'épais tapis froid et blanc de neige quelques mètres plus bas. Affairé à sa tâche, le père Noël remit son chapeau sur sa tête et ne remarqua pas tout de suite la disparition de son ami.

Grelottant de froid, Noisette avait grand-peine à se déplacer dans la neige glaciale. Ses petites dents se mirent à claquer et des gouttelettes de givre commencèrent à se former sur son pelage roux. La pauvre bête était frigorifiée. Heureusement, elle ne s'était pas blessée lors de sa culbute dans la neige, mais le froid mordant de l'hiver cantalien lui brûlait déjà les os. Le père Noël était trop loin et trop haut pour entendre ses cris de détresse. Comment faire ? Si le père Noël ne se rendait pas compte de l'absence de son petit guide, il risquait de repartir sans lui et de ne pas se souvenir de tous les cadeaux qu'il devait apporter. Quel désastre !

Est-ce la magie de Noël qui sauva le petit écureuil du froid ? Ou simplement la chance ? Le hasard voulut que la petite fille qui

Cécile Beaussac
Vétérinaire (34)

habitait dans cette ferme n'arrive pas à dormir et regarde les étoiles par la fenêtre. Elle avait soudain vu une petite masse tomber du ciel dans le tapis dru de neige. La curiosité de l'enfant l'avait poussée à braver le froid et à sortir, afin d'aller inspecter ce qui avait bien pu tomber du ciel étoilé en cette veille de Noël. Quelle ne fut pas sa surprise de découvrir le petit être roux grelottant dans la neige! La fillette recueillit l'animal au creux de ses mains et courut à l'intérieur. Avec tout son cœur, la petite fille frictionna le petit corps et l'emballa dans une couverture bien chaude. Puis, elle le déposa avec délicatesse devant le feu de bois crépitant dans le cantou, et lui apporta dans un dé à coudre du lait chaud à la cannelle qu'il sirota faiblement. Épuisée, la petite fille s'endormit au chevet de son nouvel ami.

Lorsqu'elle se réveilla le lendemain matin, le matin de Noël, le petit écureuil avait disparu. Mais à sa place trônait une lettre scellée de cire rouge. Cette dernière était signée du père Noël et remerciait la fillette pour sa gentillesse. Dans cette missive, le père Noël lui fit part de son secret. Grâce à elle, Noisette avait été sauvé et le père Noël l'avait retrouvé sain et sauf en pénétrant dans sa maison lorsqu'il avait déposé les cadeaux; il avait ainsi pu continuer sa tournée et gâter les enfants du monde entier.

Les enfants, si vous voyez un écureuil le soir de Noël, il s'agit peut-être de Noisette. Et dans ce cas, la magie de Noël n'est jamais vraiment bien loin.

Je vous prie de me croire sur parole, car la petite fille de la ferme, c'était moi.

6. Un mouton comme les autres
Lotfi Cerny
Vétérinaire (31)

L'histoire que je vais vous conter n'a rien de plus banal
Qu'un petit mouton frisé, fadaise du règne animal.
Si quelques-uns se distinguaient dans son troupeau d'ovidés,
Lui devait se contenter de la stricte normalité.
Comme quatre-vingt-dix-neuf pour cent des membres du troupeau,
Il était blanc, rond, touffu, et sentait aussi bon qu'un rôt
Après une dégustation de fromage de brebis.
Il aurait pourtant bien aimé avoir la laine d'Henry,
Ce magnifique bélier au poil d'un blanc immaculé
Et déjà trois fois médaillé du grand concours de beauté,
Ou encore la détente de Michel, champion de saut,
Un genre d'âne dans l'écurie, mais qui sortait du lot !
Pourtant, lui aussi s'était inscrit au concours de beauté :
Cent-quatre-vingt-onzième sur les trois-cents participants.
Aux championnats de saute-mouton aussi : avant-dernier.
Il a participé. N'était-ce pas le plus important ?
Il n'a jamais été premier, ni en classe ni en sport.
N'a jamais été courtisé, malgré ses nombreux efforts.
Ni lui, ni Jacky, ni Kevin, ni aucun autre d'ailleurs,
À part les quelques exceptions, les rares moutons leaders.
Il rêvait pourtant de gagner, d'être lui aussi vainqueur !
D'être reconnu, désiré, faire partie des meilleurs.
Il n'avait rien d'exceptionnel, un simple mouton lambda.

Alors qu'il vaquait dans son champ couvert de quelques flocons,
Il fut soudainement surpris et tout son corps se figea,
Lorsqu'il aperçut à travers le manteau blanc : un bourgeon !
La tétanie enfin passée, doucement, il s'approcha.

Puis, en regardant de plus près, vit un trèfle à quatre feuilles.
Sans même prendre le temps de l'admirer, il le croqua.
Ce n'est pas la saison pourtant, nous sommes à peine au seuil
De l'hiver et de Noël. Serait-ce un cadeau en avance
Du gros berger tout rouge appelé père Noël ? La chance !
Pensa-t-il émerveillé. La veine me sourit, à moi !
Le cœur empli d'espoirs, il se mit à courir vers le bois
Et d'un saut déterminé survola le gros tronc couché !
Le beau geste technique ne passa pas inaperçu
Et ne laissa guère indifférent les brebis l'ayant vu,
Qui d'un coup s'esclaffèrent en voyant les poils arrachés
De notre mouton déculotté sur son arrière-train.
Son alacrité disparut, qui, pourtant, allait bon train.
De retour au pas dans son pré, tête baissée, déprimé,
Il ne remarqua pas cette jeune brebis, blanche, ronde,
Peut-être un peu moins touffue, mais ressemblant à tout le monde.
Son rire n'était pas moqueur, mais plutôt admirateur
Car elle aussi rêvait de sauts, de beauté, d'une âme-sœur.
Elle fit deux pas vers lui, les yeux brillants, le cœur battant,
Puis se ravisa. — Jamais je ne serai à la hauteur.
Il est si drôle et courageux, il tiendrait tête à Satan !
Comment pourrais-je l'intéresser ? Il y a bien meilleure…
Le mouton dépité ne se rend pas compte de suite
De son exploit personnel et des conséquences tacites.
Il venait pourtant de sauter ce tronc, le plus gros du bois,
Celui sur lequel il avait buté de nombreuses fois.
Bien sûr, presque tous les autres moutons y sont parvenus
Mais lui aussi, désormais, pouvait se vanter d'avoir pu,
À quelques poils près, sauter par-dessus ce célèbre obstacle.
S'il est vrai que le trèfle apparu relève du miracle,
Le reste en revanche ne serait-il dû à sa confiance ?
La brebis, fixant maladroitement avec insistance
Notre héros malheureux, prit son courage à quatre pattes
Et dévala le pré pour tenter de le réconforter.

Elle accéléra pour le rattraper avant qu'il ne parte,
Tout aussi motivée que paniquée, ses sabots glissaient
Sur la couche verglacée à l'approche du mouton qui
Vit s'approcher à toute vitesse une boule de neige
Aussi grosse qu'un mammouthon, avec au cœur la brebis.
Et sans pouvoir l'esquiver, fut emporté dans le manège.
Stoppés par un arbre enneigé qui les couvrit de poudreuse,
Les deux ovins se trouvèrent les sabots tout emmêlés,
Mais en voulant se libérer, ils ne faisaient qu'empirer
Les nœuds et la situation, heureusement peu fâcheuse,
Jusqu'à finir nez à nez, avant de s'éloigner d'un bond.
D'un geste galant, le mouton caressa avec son front
Le menton de la brebis en demandant timidement :
— Est-ce que ça va ? Tu n'as rien ? — Oui ça va, heureusement
Tu m'as bien amortie. Merci ! — Désolé je n'ai pas vu…
— Ne t'excuse pas, c'est moi ! Les deux tourtereaux rougissaient
À les confondre avec des Rouges de l'Ouest paniqués.
— Comment t'appelles-tu ? demanda la brebis toute émue.
— Mêe… Mêe… Mêe… Mêche ! bégaya le mouton. — Mêche ?
                                        [— Oui ! — À table !
Ne comprenant pas la blague, Mêche resta bouche bée.
Mais son cœur, quant à lui, fondait au son des rires affables
Que gloussaient la brebis prise d'un fou-rire incontrôlé.
— Et… et… et toi ? Comment t'appelles-tu ? lança le mouton.
— Je m'appelle Frange. — Frange… Ipanne ? Un rire sourd sortit
Du museau de Frange avec un rictus forcé jusqu'au front
Pour ne pas décevoir Mêche qui pourtant avait compris
Que son humour était bidon. « Il est tellement mignon »
Pensa-t-elle. « Je viens de tout gâcher » se dit le garçon.
— Félicitations pour ton saut ! lâcha Frange après un blanc.
— Mêe… Merci, répondit Mêche d'un air déçu, soupirant.
Ce n'était rien, je connais des agneaux qui sautent plus haut.
— Mais au moins, tu as réussi, rétorqua-t-elle en riant.
— Même pas complètement… dit le mouton en se tournant

Vers son derrière et observant, honteux, la zone de peau
Aussi glabre que la crête de la poule Jaqueline
Qui l'année passée avait gagné le titre de Crêtine
Et qui depuis devait supporter toutes les moqueries.
— Il en sera de même, voire pire encore de moi.
Le ridicule ne tue pas, mais ma honte est en émoi.
— Ça peut même te rendre plus fort ! s'exclama la brebis
Avec un sourire l'encourageant à se redresser.
— Ah bon ? Et comment cela pourrait-il me rendre plus fort ?
— Ça t'apprend à passer outre ce qu'ils peuvent bien penser,
Les autres, à surmonter tes peurs, sortir de ton confort
Et permettre de te surpasser, réaliser tes rêves.
— Oui, Facile à dire… Comme si sa joie était en grève
Il répondait tête baissée et n'était pas réceptif
Aux tentatives de Frange pour remonter son moral
— J'ai déjà tout essayé, j'ai tout donné… je fais tout mal !
J'ai beau garder espoir, être optimiste, c'est exclusif
Ce bonheur de réussir ! Mais je ne fais pas parti d'eux
Ce troupeau de quelques élus. Je ne pourrai être heureux.
Le désespoir se fit si grand que Frange en perdit sa joie
Elle s'assit près de lui, et lui dit : — Je suis comme toi.
Le mouton remarqua la tristesse qui se dessinait
Sur cette brebis si joyeuse il y a quelques instants
Ses traits assombris, les perles d'eau dans ses yeux. Qu'ai-je fait ?
S'interrogea-t-il surpris par ce gros bouleversement.
— Pardon. Je t'ai démoralisée alors que tu m'aidais…
Puis d'un geste lent la prît entre ses deux pattes serrées
En lui murmurant les yeux fermés, plein d'attention : — Merci.
Frange resta bouche bée, choquée, les yeux écarquillés.
Elle sentit son coeur en ébullition, ses joues rosées.
Si son corps était de flammes il ferait fondre la nuit
D'une danse éblouissante, une tornade de rayons.
Ce câlin est si puissant, vive tempête d'émotions
Laissant en elle une joie pure, diamant des sentiments.

Angèle Pietrasik
Vétérinaire (47)

Mêche relâcha son étreinte et Frange dit doucement :
— Il n'y a pas besoin d'être exceptionnel pour être unique
Prenons les Rennes du père Noël, ils sont tous magiques
Pourtant combien d'entre eux n'ont jamais pu tirer le traîneau ?
Est-ce pour autant seulement Rodolphe qui serait beau ?
— Tu dis qu'il existe d'autres rennes que ceux du traineau ?
— Bien sûr ! Il en existe des centaines ! Tout un troupeau !
— Qui savent eux aussi voler ? — Tout aussi rapidement !
Acquiesça la jeune brebis. — Ils ne sont pas différents
De toi et moi finalement : inconnus au bataillon
Mélangés dans la foule pareils à tout autre mouton...
Répondit ensuite Mêche après un temps de Réflexion
Mais eux, ils sont magiques ! — Tu l'es déjà aussi voyons !
Rétorqua Frange alors que Mêche faisait une grimace
D'incompréhension en lâchant d'un air ahuri : — Tu farces ?
Frange échappa un petit rire avant d'ajouter, sérieuse :
— Pas le moins du monde ! En tout cas, pour moi, oui, tu es
                                                    [magique.
Tu fais naître des papillons en moi et me rends heureuse
Tu ne le sais peut-être pas, mais tu es bien fantastique.
Et si tu ne me crois pas, écris donc au père Noël !
Il passera dans trois jours avec une bonne nouvelle
Peut-être ? — Comment pourrais-je le voir ? Il est trop pressé
Et bien trop rapide pour moi. Je risque de le rater
Comme à chaque fois. Je me demande si quelqu'un l'a vu
Et surtout pu lui parler... — Moi, oui. Personne ne m'a cru.
— Tu lui as déjà parlé ? Interrogea brusquement Mêche
Les yeux grand ouverts, sortant presque de leur orbite en flèche
— Un jour, j'ai trouvé un trèfle à quatre-feuilles en hiver,
Qu'il était beau ! J'ai longuement hésité à le croquer.
Mêche se mit à rougir. Puis je le vis, d'os et de chair
Deux ou trois jours après, ce gros berger rouge mal rasé.
Je l'avais interrogé dans ma lettre cette année-là
En plus de lui demander s'il pouvait m'offrir un jouet

Il m'avait ainsi répondu… Puis la brebis s'arrêta.
Mêche la fixa. Les yeux toujours autant écarquillés
Puis lui lança : — Il t'a dit quoi ? Que lui as-tu demandé ?
— Je ne pourrais le divulguer, c'est notre petit secret.

Le temps s'écoulait et les deux ovins s'étaient mis ensemble
Eurent de très beaux agneaux, qui sans surprise leur ressemblent
Comme chacun du troupeau ils eurent des peines, des joies
Quelques petites réussites, parfois des désarrois
Leur vie était en tout point similaire à celle des autres
Qui eux non plus n'étaient pas élus, champions, ou bien apôtres.

Un jour, l'un de ses agneaux vint voir Mêche et lui demanda :
— Papa, comment fait-on pour devenir un mouton champion ?
— Eh bien il faut s'entraîner dur, croire en soi, et tu verras
Avec un peu de chance tu seras même au Panthéon
— Mais si je n'y arrive pas ? Que malgré tous mes efforts
Les autres font mieux que moi ? Qu'ils sont plus grands, plus beaux,
                                                    [plus forts ?
Je ne serai jamais qu'un gars lambda ? Un rien dans le tas…
— Et pourquoi pas ? Répondit Mêche, ce qui surprit son fils.
— Je ne pourrai donc jamais être heureux ? — Ne le suis-je pas ?
L'agneau fronça les sourcils sur cette pointe de malice
De son père alors qu'il espérait un peu de réconfort
Puis après une courte réflexion, le fils demanda :
— Comment fais-tu pour être heureux, sans être champion alors ?
— Tout le monde est unique fiston, qu'il soit premier, ou pas.
Même une victoire aussi insignifiante pour toi
Peut-être pour d'autres moutons, ou brebis, un grand exploit
— Et toi, qu'est-ce qui te rend si heureux, si particulier ?
— À part vous et votre mère ? Un petit rire s'échappa.
Plongé dans ses pensées, Mêche se détendit comme au spa
Des souvenirs chauds remontaient, puis il se mit à conter :
— Un jour, j'ai rencontré le père Noël… — Papa ! Tu mens !

Interrompit le petit, vexé, car pris pour un enfant.

— Je ne mens pas, fiston ! Tu pourras demander à ta mère :

Elle aussi l'a vu ! rétorqua-t-il le faisant ainsi taire

Et transformant sa méprise en admiration. — Que vois-tu ?

M'a demandé le gros Berger Rouge tendant un miroir.

— Un gros mouton, rond, blanc, touffu, lui avais-je répondu.

Puis il répliqua : — Moi, je vois le héros de cette histoire.

7. Conte yakoutien
Camélia Rhymbot
Vétérinaire (75)

De tous les bois qui occupent la Yakoutie, les Évènes en aiment un tout particulièrement, suffisamment dense pour les abriter des vents, mais dont le sous-bois est en même temps aéré pour laisser passer leurs rennes, trouver quelques arbustes qui les nourrissent ainsi que quelques baies qui agrémentent leurs repas d'une note sucrée et gorgée de sucs réconfortants, lorsque les rudes frimas de l'hiver se font sentir. C'est un bois qui se niche au creux du bassin de la rivière Léna, avant les Monts de Verkhoïansk, majoritairement constitué de résineux et abritant la faune si spécifique de cette contrée, de l'étonnant porte-musc sibérien à l'ours brun, au renne, à la zibeline, en passant par le renard et le loup… C'est aussi un bois habité par des esprits qui apportent au petit peuple du Nord à la fois soutien et réconfort.

Kyriak est le fils d'Evgueni, le chef du village. Bien qu'encore enfant – sept ans tout juste depuis la saison des cloches-bruyères – Kyriak sait capter les « signaux faibles » de la forêt. Il y a grandi, accompagné jour après jour par sa fidèle Laska, qui le veille depuis sa naissance. La chienne est également sensible aux présences invisibles, c'est même elle qui l'a éduqué à s'y ouvrir, se mettant aussitôt sur le qui-vive lorsque l'une d'entre elles se manifeste. Un soir de décembre plus froid que les autres, signe de l'enfoncement des jours dans la saison hivernale, rude et austère, alors que l'enfant et sa chienne ont retrouvé l'abri du foyer familial, un déplacement de l'air, comme un soupir de la forêt, les alerte tous les deux. Ils se mettent à guetter autour d'eux la zone où les particules de lumière s'effacent pour céder la place aux molécules disloquées de la nuit. C'est alors que se découpe dans le magma sombre, de plus en plus précisément, une haute silhouette. D'un bond, Kyriak et Laska sont debout, pour voir approcher à l'orée du village des Évènes un homme, totalement inconnu. Rien dans la facture de ses vêtements ni dans ses traits fins et étirés n'indique la région d'où il provient. Il semble fatigué. Lorsqu'il s'arrête, interdit, devant le feu qui dispense sa bénéfique chaleur, les membres du village affluent de plus en plus nombreux pour le dévisager. Chacun attend que le chef parle.

Evgueni, imposant, s'adresse alors à l'inconnu de toute sa stature :

— Homme, quel est ton nom ?

— Nicolaï.

— Bien. Tu parleras plus tard. Pour l'heure, partage le repas et le foyer des Orotchan.

Orotchan, « les Gens du Renne », comme les Évènes aiment à se nommer… Leur chef, avec des mots brefs appuyés de gestes discrets mais autoritaires, donne l'ordre d'apprêter une tente à l'intention de leur visiteur vespéral.

Au cours de la soirée, les langues se délient et les villageois montrent chaleur et bienveillance à l'égard de l'étranger qui se détend peu à peu en se sustentant et se réchauffant. Kyriak est fasciné par l'homme qui se nourrit en silence, de même que Laska qui ne le quitte pas des yeux, les oreilles pointées dans sa direction. Une aura inhabituelle enveloppe cet étranger. Au bout d'un moment, mis en confiance, Kyriak finit par s'approcher de Nicolaï. Aussitôt il ressent un mélange complexe et diffus de sensations extrêmes et positives : un amour immense, le don, la paix, la joie enfouie aux tréfonds du cœur, mais qui demeure comme une source inextinguible. Kyriak sait que Nicolaï est un être d'exception.

Quand vient l'heure pour Kyriak de se coucher, il sombre immédiatement dans un sommeil empli de rêves. Nicolaï lui rend visite et lui parle :

— Petit Kyriak que nul ne trompe, tu m'as découvert. Je te demande de ne pas révéler mes intentions au reste du village.

Kyriak demande :

— Quelles sont-elles ? En quoi puis-je t'aider ? J'aimerais tant t'assister !

Stéphanie Chennaud
Vétérinaire (53)

Nicolaï prend un temps avant de répondre :

— Une grande nuit se prépare. Une nuit extraordinaire. Il y a mille et mille choses à distribuer sur toute la surface de la Terre, qui s'en trouvera plus belle et rayonnante. Tu es plus que bienvenu pour m'aider, avec ta chienne et tes rennes, si tu le peux.

Kyriak ressent une immense allégresse, une fierté, une compassion envers tous les enfants du monde, car il a compris immédiatement sans besoin de mots que l'évènement leur est destiné, à eux qui ne sont pas abîmés par la civilisation ni par l'étriquement de l'esprit qu'un enfant subit progressivement, avec trop de résignation, plus il avance en âge, jusqu'à devenir adulte. Une grande personne ! Celle qui a éteint une à une les étincelles de la magie et du rêve dans son cœur et dans son âme ! Quelle tristesse… Kyriak, du plus fort qu'il le peut, espère que cet état ne le concernera jamais !

C'est le moment que choisit Laska pour lui lécher vigoureusement le visage : non, non, non ! Il veut rester avec Nicolaï, le suivre jusqu'au bout de la taïga et de ses aurores boréales. Mais le moment n'est pas venu.

Pour l'heure, Kyriak s'ébroue en se réveillant dans le petit matin yakoutien. Il salue Laska d'un petit rire joyeux et l'emmène vers la tente de l'étranger. Il est si heureux que son cœur va sortir de sa poitrine ! Un trépidant programme l'attend dans les jours qui viennent ; c'est pourquoi il ne peut contenir son excitation dès que Nicolaï paraît devant lui.

— Petit Kyriak que nul ne trompe !

À ces mots, le petit garçon sut qu'il n'avait pas vraiment rêvé cette nuit.

— Accompagne-moi visiter la Forêt aux Esprits, j'ai besoin d'un guide compétent et réceptif, comme tu sembles l'être. Nous avons du travail !

Les voilà partis tous les trois dans le bois, Kyriak le premier, d'une allure révérencieuse, Nicolaï ensuite, avec sa foulée économe de voyageur, et Laska fermant la marche. Kyriak présente les uns après les autres à Nicolaï l'esprit des arbres qu'il connaît. Devant chacun, ils s'arrêtent afin de capter les émissions subtiles et les éventuels messages qui leur sont adressés.

— Bienvenue à la frontière de l'Univers tangible et intangible ! proclame le grand épicéa.

— Louable est ton intention, Nicolaï ! Nous t'aiderons ! entendent-ils ensuite.

— Nous te façonnerons un traîneau magique qui te permettra de parcourir la surface du globe ! profère un chœur de pins fiers filant tout droit vers le ciel.

— Il te faut beaucoup, beaucoup d'amour pour confectionner toute une farandole de cadeaux à même d'enchanter chaque enfant de la Terre ! J'en appelle aux Lutins de la Forêt ! décrète l'Esprit d'un vieux hibou dont le regard jaune vif les fixe sans trembler.

Kyriak voit alors avec étonnement surgir des taillis et des broussailles une armée de lutins qui se rangent derrière Nicolaï. Celui-ci, d'une main, les apaise. Il souhaite voir leur fabrique de jouets : en un clignement d'œil et sans qu'il soit besoin de se transporter d'une quelconque façon, voici que leur mental devine des alignements d'établis, des rangées d'étagères, des stocks de bois et de jouets, de rubans multicolores et de papiers cadeaux chatoyants… Laska soudain se rassemble et bondit vers le vide : elle a aperçu un gros matou endormi près d'une fenêtre en bois… qui se réveille en sursaut pour asséner un coup de patte sur le museau de l'impudente ! Toute penaude, Laska se réfugie dans les jambes de son jeune maître. Aussi rapidement qu'elle est apparue, la vision s'efface et la petite bande se trouve toujours sous le regard perçant du vieux hibou. Kyriak est enchanté. Il ressent le message d'un Lutin qui dit être le Chef d'Atelier :

— Nous pouvons fabriquer les jouets, mais nous avons besoin de connaître les commandes ! Kyriak, veux-tu bien visiter le cœur de chacun des enfants ? S'ils aiment leurs parents, leur famille et leurs amis, et s'ils ont bien agi envers eux, ils recevront quelque chose dans leurs souliers. Nicolaï sera chargé de le leur apporter dans la nuit du 24 décembre.

Kyriak, lorsqu'il comprend l'étendue du projet de Nicolaï, ouvre alors d'immenses yeux et se retrouve bouche bée.

Nicolaï termine la promenade spirituelle en enjoignant à Kyriak de faire de son mieux pour rassembler les souhaits de tous les enfants. Laska à son tour pousse son jeune maître du museau afin qu'il se mette immédiatement à la tâche. En effet, à peine trois semaines les séparent de la date clef ! Kyriak a de sérieux doutes sur la façon dont il pourrait procéder dans sa quête de vérité. Nicolaï lui conseille de s'en remettre aux Esprits qui lui sont familiers.

Jour après jour, Kyriak vient avec Laska se promener dans la forêt, en cherchant plus activement à se lier aux esprits du bois des Evènes. C'est alors qu'un soir pourtant semblable aux autres, lui apparaît un phénomène extraordinaire de rapprochement de l'espace. Le Grand Épicéa, gardien de la Forêt aux Esprits, par ses mille ramifications et interconnexions racinaires aux autres végétaux, connecte Kyriak à tous les autres enfants du monde ! Le petit garçon n'a qu'à penser à se déplacer pour que les sèves mélangées des végétaux, rhizomes et mycélium l'emportent vers n'importe quel lieu, où il peut ressentir et explorer le fond du cœur d'un enfant ! C'est comme un éclair de magie qui le traverse et voilà que défilent devant lui, sur le panneau sombre de la nuit polaire, les vies de milliers d'enfants, dont il prend connaissance toutes à la fois, en comprenant les pensées et les actions de chacun ! Il se met alors à transcrire immédiatement leurs intentions et leurs mérites, pour un tout petit écureuil gris dont la voix souffle dans un tronc creux en direction du grand Atelier des Lutins. Merveilleux ! Enfin, par ce biais, Kyriak parvient à abreuver la fabrique secrète de Nicolaï d'un flot d'informations sur les souhaits des enfants ! Juste à temps pour préparer la Grande Nuit du 24 décembre, dont la veillée se profile.

Nicolaï prend son élan pour, d'une grande inspiration, s'installer dans un somptueux attelage de rennes particulièrement splendides, ornés de bois ramifiés et imposants, tout juste matérialisés par la volonté de son esprit. Il faut être bien réceptif encore pour percevoir les Lutins qui s'affairent autour de lui, disposant six hottes profondes agrémentées de clochettes poudreuses et tintinnabulantes, enveloppant de mystère le contenu de ces vastes paniers d'osier. Une hotte par continent, explique Nicolaï à Kyriak, qui souhaite monter sur la peau de mouton retournée aux côtés de Nicolaï. Laska trouve juste le temps de sauter à ses pieds. C'est parti pour une virée enchanteresse dont ils se souviendront toute leur vie ! Le traîneau magique décolle à grande vitesse vers le firmament, laissant Kyriak le souffle coupé par une si vive ardeur. La nuit, grandiose distribution de présents de par le monde, expérience inoubliable, brille de mille feux dans la double paire de prunelles de Laska et de Kyriak.

Nicolaï, voyant alors que le petit garçon est à bout de forces, lui propose de retourner discrètement se reposer sous la tente familiale.

— Petit Kyriak que nul ne trompe, si tu te couches bien sagement et dors jusqu'à demain, tu découvriras au petit matin une surprise.

Kyriak, épuisé, lui obéit à la lettre et s'endort sans demander son reste. Cette nuit-là, le ciel splendide drapé d'un rideau mouvant aux couleurs magnifiques résonne de bonheur et de joie. Nicolaï, resté seul témoin de l'aurore boréale apparue comme pour saluer son exploit, se demande si elle n'est pas venue plutôt souligner le miracle de la surprise destinée à Kyriak et à tous les enfants du monde. Il lui reste un cadeau à délivrer. Il prend son couteau, cherche dans le bois des Évènes une souche dont la forme lui plaît et se met à en tailler l'écorce jusqu'à faire naître de la matière la forme souple d'un renne cabré sur ses postérieurs. Il travaille encore les détails de la robe, de la face et des sabots, avant de décider que son œuvre est accomplie. Il glisse alors la sculpture dans la botte de Kyriak pour l'accueillir à son réveil. Nicolaï tourne ensuite les talons et s'enfonce dans les bois d'où il était venu.

Au matin du 25 décembre, Kyriak trouve le cadeau confectionné par les soins de Nicolaï ; puis c'est au tour de tous les enfants du village, un à un, de découvrir leurs présents devant leurs portes. Les parents de Kyriak, Louba et Evgueni, chefs du village, inspirés par les

Esprits du bois, claironnent encore et encore l'histoire de leur fils Kyriak récompensé par l'étrange Nicolaï. Evgueni instaure en tradition pour les enfants de sa communauté, la distribution de cadeaux les matins du 25 décembre. Cette tradition perdure, non seulement dans son village mais le long de la Léna, de la province de Sakha et dans toute la Yakoutie, la Sibérie et la grande Russie, dans l'Europe au-delà des Carpates et jusque dans le monde entier, même si à présent le nom de Kyriak ainsi que l'origine évène de la coutume se sont perdus à jamais dans la nuit des temps et dans le souffle des Esprits.

8. Kino et la lettre de l'Empereur

Antoine Symoens
Vétérinaire (Québec)

Décembre touchait à sa fin et les cerisiers recouverts de neige offraient un voile blanc aux collines. Cela contrastait à merveille avec le gris des épées et le noir des armures qui, en grand nombre, parsemaient le champ de bataille. Dans la plaine, entre les arbres, les soldats d'Oda se regroupaient. Le combat s'était éternisé et le crépuscule enveloppait les garnisons alors que celles-ci regagnaient le campement. Au milieu des hommes et de leurs démarches laborieuses, un chien et son maître attendaient patiemment les ordres.

En cette année 1560, le Japon sombrait en pleine guerre civile. Les clans s'affrontaient pour le pouvoir, les samouraïs s'entretuaient pour la gloire et Kino, un chien Akita d'à peine deux ans ne comprenait absolument rien à ces conflits. C'était un compagnon très gentil, avec du poil roux sur le dos, blanc sur le ventre, deux petits yeux noirs en amande et une grande queue qui tournait sur elle-même à la moindre émotion. Recrutés avec son humain par l'empereur en personne, ils avaient marché dans la boue, enduré la pluie et esquivé les flèches pour finalement devenir des messagers du général Nobunaga.

Ce soir-là, Oda Nobunaga avait convoqué ses meilleurs soldats et ses émissaires. La situation n'était pas désespérée, mais son régiment, contraint de s'éloigner de l'armée principale pour protéger la région, avait été bloqué par la neige dans les vallons. Toutes les liaisons étaient interrompues et les renforts ne seraient pas là avant plusieurs jours.

Au centre de la tente, une table en bois supportait une carte du pays sur laquelle des figurines de plomb représentaient les forces en présence. Les samouraïs dans leurs belles armures se tenaient sagement autour du plan, positionnés selon un ordre précis et osant à peine prendre la parole. En retrait, Kino, accompagnant son maître, se coucha près du feu qui crépitait dans un coin.

— Nous tenons le château de Nagashino, déclara le commandant en chef. L'ennemi recule tandis que l'Empereur se dirige vers les montagnes. Le combat paraît inévitable.

La suite de la conversation ne s'avéra guère plus intéressante pour le chien qui comprenait très peu la langue des hommes. Il retint juste qu'il était question de lettre, de passage entre les lignes adverses, et également d'un repas avec du poulet yakitori, du canard au miel et des mochis sucrés. Évidemment, Kino écouta attentivement cette dernière partie, la seule qui le passionnait vraiment. Mais alors que tous les guerriers se relevaient, et qu'il imaginait pouvoir enfin se remplir le ventre, Oda avança vers lui et son compagnon. Il confia alors au maître un papier soigneusement plié en quatre et scellé par de la cire fondue.

— Apportez ce message à l'empereur, et au plus vite ! ordonna le chef du clan.

Le jeune homme inclina son buste pour signifier qu'il acceptait la mission, puis s'empara de la missive et la glissa dans sa poche.

Malgré le fait qu'il n'avait pas goûté aux plats du buffet, Kino conservait sa bonne humeur. Il marchait désormais dans les bois avec son maître et cela s'avérait suffisant pour le rendre joyeux. Sans vraiment comprendre pourquoi, il devait rester silencieux et ne pas aboyer. Le jeune chien appliqua les consignes à la lettre. Avec son humain, ils se faufilèrent entre les troncs d'arbres, glissèrent sous des buissons et rampèrent dans la neige pour ne pas se faire repérer.

Soudain, une patrouille de soldats ennemis passa juste à côté d'eux. Ils s'immobilisèrent, cachés sous un bosquet. Bien vite, le compagnon réalisa l'ampleur du danger : leurs empreintes dans la neige les trahissaient et ce n'était plus qu'une question de secondes avant qu'ils ne soient découverts. Le jeune homme s'empara alors de la lettre, la glissa dans un étui en métal et l'attacha au collier de Kino.

— Il va falloir que tu ailles porter seul ce courrier à l'Empereur ! Je vais m'enfuir de l'autre côté pour les emmener sur une fausse piste, et toi, mon brave Kino, tu fileras comme le vent dans le sens opposé.

Le chien regarda son humain et comprit tristement qu'il allait continuer sans lui. Il l'aimait plus que tout, c'était un maître attentionné qui savait pertinemment où faire des gratouilles sur le ventre (une technique très complexe et rarement maîtrisée). Kino lui lécha la main comme pour lui souhaiter bonne chance, puis son compagnon bondit de leur cachette. La diversion fonctionna à merveille, tous les soldats le remarquèrent et se mirent à lui courir après. Kino espéra très fort qu'il s'en sorte vivant, puis il s'élança à son tour dans l'autre direction.

Comme un oiseau qui filait au-dessus de la neige, le jeune chien traversa la campagne à toute allure. Il dépassa le campement adverse sans se faire voir et parvint à franchir les collines alors que la Lune et les étoiles scintillaient déjà dans le ciel. Il profita de l'obscurité pour poursuivre sa route, mais très vite, la fatigue s'empara de lui. Il n'avait jamais parcouru une si grande distance en aussi peu de temps. Sa belle fourrure blanche comportait maintenant d'innombrables taches de boues, et plus il progressait dans la neige, plus ses pas lui semblaient lourds. Chaque fois qu'il sentait ses forces s'évanouir, il songeait à son maître pour se donner du courage et continuer.

Alors que la nuit était déjà bien avancée, les lanternes jaunes d'une petite auberge éclairèrent son périple. Il hésita : il voulait rester caché, par peur de compromettre sa mission, mais une alléchante odeur de riz et de poisson lui chatouilla les narines. Il se faufila lentement vers la porte d'entrée, avant de finalement s'écrouler de fatigue sur le perron.

— Oh ! Mais qu'est-ce que tu fais là toi ? Mon pauvre ! Viens, rentre au chaud, tu seras mieux à l'intérieur.

L'aubergiste, une jeune femme prénommée Rumiko, prit dans ses bras Kino et l'emmena dans la pièce centrale. Elle le déposa sur un coussin à côté de la cheminée. À l'intérieur de celle-ci, une grande marmite était suspendue à une crémaillère et contenait un ragoût qui mijotait doucement. Le chien se réchauffa et regagna peu à peu ses forces. Aucun client ne se trouvait dans l'établissement, la plupart avaient fui la région à cause des combats et la propriétaire survivait seule ici. Elle apporta un bol avec un peu de nourriture.

— Je n'ai plus grand-chose, mais à quoi bon garder des provisions si ce n'est pour les partager avec ceux qui en ont besoin ? dit-elle.

Kino se redressa timidement, les yeux entrouverts, et scruta les alentours à la recherche du moindre piège. Rumiko se pencha et lui caressa la tête, mais il recula en grognant.

— À moins que tu ne préfères le poisson froid, je mangerais tant que c'est chaud à ta place, annonça encore l'aubergiste.

Kino s'adoucit progressivement puis, affamé, plongea son museau dans le bol. C'était délicieux ! Si la jeune femme était une espionne, elle était très douée, songea le messager. Une fois son estomac plein, Kino baissa définitivement sa garde et s'étala de tout son long sur le parquet pour digérer. Rumiko lui chatouilla le ventre et il constata, avec surprise, qu'elle maîtrisait elle aussi la technique des gratouilles. Il roula sur lui-même et vint se blottir contre son kimono avant de sombrer dans un sommeil profond.

— Fouillez la maison, il doit pas être loin ! cria l'un des soldats.

— Je vous interdis d'entrer, protesta Rumiko.

Le vacarme devant la porte réveilla Kino. Il se redressa brusquement et observa la scène depuis la pièce. Les guerriers ennemis avaient retrouvé sa trace et ils menaçaient la jeune femme avec leurs lances et leurs épées. L'un des lieutenants empoigna Rumiko par le bras et plaqua sa lame contre sa gorge pour l'obliger à se rendre. Sans réfléchir, Kino traversa la cuisine et sauta par la fenêtre. Il contourna la maison par l'arrière puis vint se poster près de la réserve de bois, juste derrière les soldats. Là, il aboya si fort que tous les hommes s'immobilisèrent de surprise. Aussitôt, l'aubergiste en profita pour se défaire de l'emprise de son assaillant et le repoussa

Cécile Beaussac
Vétérinaire (34)

d'un coup de pied entre les jambes. Elle courut se réfugier à l'intérieur et barricada la porte.

— Il est là, attrapez-le ! hurla le commandant ennemi.

Les guerriers se retournèrent vers Kino. Ce dernier, content d'avoir sauvé Rumiko, n'attendit pas plus et s'enfuit aussi vite que possible. Il slaloma dans le potager, bondit par-dessus le muret en pierres et regagna les champs. Derrière lui, les soldats enfourchèrent leurs montures et galopèrent dans sa direction. L'un d'eux s'empara de son arc et tira des flèches, mais Kino, toujours très habile, parvint à les éviter. Malheureusement pour lui, ses assaillants s'avérèrent tenaces et continuèrent de le poursuivre dans les prés enneigés. Le jeune chien se faufila sous les clôtures pour bloquer leur route, mais les chevaux sautèrent par-dessus. Il s'engouffra dans un terrier de renard, mais celui-ci était un cul-de-sac et il dut faire demi-tour. Enfin, il pensa à grimper dans un arbre, mais il se souvint qu'il n'était pas un chat. Rien n'y faisait, ses ennemis continuaient de le pourchasser. Malgré la précieuse lettre autour de son cou qui lui rappelait l'importance de sa mission, ses forces diminuèrent et il fut contraint de ralentir. Il n'y avait plus de cachettes sur le sentier et les cavaliers se rapprochaient de plus en plus, à tel point que Kino sentait le souffle haletant des chevaux sur sa nuque.

Tout à coup, au détour d'un bosquet, un grondement attira son attention. Il bifurqua, se dirigea vers le bruit et découvrit un torrent qui coulait là ! C'était exactement ce dont il avait besoin. Le courageux chien n'hésita pas davantage et sauta dans l'eau glaciale. Heureusement, l'étui métallique protégea la lettre tandis que le courant l'emportait au milieu des ravins. Derrière lui, les ennemis furent obligés de stopper leur poursuite pour ne pas tomber dans la rivière et se noyer avec leurs armures beaucoup trop lourdes. Kino se laissa porter par les vagues et observa, sur les rebords, les soldats qui râlaient face à leur échec.

Quelques lieues plus loin, Kino parvint à remonter sur une berge. Il secoua son poil, fit voler des milliers de gouttelettes dans les airs et constata que sa fourrure était redevenue blanche. Heureux, il reprit sa route. Le hasard fit que, en descendant le courant, le jeune chien s'était approché du camp de l'Empereur. Il n'eut plus qu'à traverser une petite forêt pour atteindre enfin le bastion de l'armée. Un garde l'aperçut et proposa de récupérer la lettre, mais Kino refusa en grognant. C'était sa mission, et il l'accomplirait jusqu'au bout. On l'emmena à la tente principale.

L'Empereur discutait avec ses conseillers lorsque le chien pénétra dans le pavillon.

— Faites avancer l'aile droite vers l'ennemi et préparez les catapultes. Le combat sera violent, notre adversaire est redoutable.

Kino observa un instant ce grand monsieur avec sa longue tunique orange qui gesticulait dans tous les sens. Le jeune chien ignora le protocole royal, doubla les membres de la cour et posa sa patte sur le kimono de l'empereur en laissant une petite empreinte boueuse. Avec cette trace, il attira enfin l'attention du seigneur. Ce dernier, surpris, se pencha et attrapa l'étui du messager. Il le déverrouilla, lu dans sa tête, puis afficha un large sourire. Il s'empressa d'annoncer à ses capitaines :

— Arrêtez tout ! L'ennemi demande à signer la paix, ils ne veulent plus se battre ! Faites reculer l'armée, il n'y aura pas d'affrontement aujourd'hui.

La nouvelle fit grand bruit dans tout l'empire. Les célébrations de la nouvelle année s'accompagnèrent d'immenses fêtes pour marquer la paix et la réconciliation entre les clans. Kino reçut le titre d'« honorable messager impérial par-delà les collines et les mers », et son courage fut récompensé par une médaille en or (qui, malheureusement, ne se mangeait pas). À lui seul, le jeune chien avait empêché des milliers de morts inutiles en apportant la lettre. Néanmoins, ce bout de métal qu'on lui glissa autour du cou ne le rendit pas aussi joyeux que le moment où il put de nouveau sauter dans les bras de son maître. Ce dernier avait été capturé par l'ennemi, mais la fin de la guerre lui permit de recouvrer sa liberté, ainsi que son fidèle compagnon.

Depuis, les deux amis ne se quittent plus et rendent souvent visite à Rumiko pour la remercier de son aide. De son côté, la jeune aubergiste est tout aussi ravie de revoir le brave chien, et les délicieux plats qu'elle lui prépare valent pour Kino toutes les médailles du monde.

9. Intouchable père Noël
Lorenza Siciliano
Vétérinaire (69)

Ce conte commence par un beau matin
Au pays du père Noël. Alors que les lutins
S'appliquaient à fabriquer dans les ateliers
Les jouets qui finiraient dans les petits souliers,
Une lettre avec accusé de réception
Annonça au père Noël une inspection.
« Il semble, d'après la réglementation,
Disait le courrier, que vous êtes en infraction.
Vous n'avez transmis aucune déclaration
Nécessaire à l'élevage de rennes,
Alors que depuis les dernières étrennes,
Cela est désormais une obligation. »

C'est alors que surgit un vétérinaire
Sanitaire avec un long questionnaire.
— Montrez-moi tous les papiers de l'exploitation.
Je dois vérifier, au moins, les vaccinations,
Les différents soins, les identifications
Et s'il y a assez de foin dans la ration.
Où est le certificat de capacité ?
Le père Noël se retrouve bien embêté :
Il ne possède aucun de ces documents.
Il tente alors d'avancer des arguments :
— Pas besoin de papiers, vous pouvez constater
Par vous-même que mes rennes sont bien traités.
Leurs poils sont brossés, leurs sabots sont parés,
Leur ration est calculée, leurs bois sont lustrés,

Ils ne manquent de rien, ont beaucoup de loisir,
Et ils tirent mon traîneau avec grand plaisir.

— Cela ne suffit pas. Revoyez les textes :
Être le père Noël n'est pas un prétexte
Pour ignorer la loi. Vous devrez arrêter,
Sans ces papiers, toute votre activité !
Dit le véto. Noël réfléchit. Comment donner
Leurs cadeaux aux petits enfants cette année ?
— Nous pourrions occire le vétérinaire,
Suggère le chef lutin, et pour ce faire,
Offrons un cadeau de notre composition,
Un mélange très spécial dans une potion :
Cyanure, strychnine en bonne dilution,
Rapide et radical après absorption.

— Pas question ! répond Noël. Pour rendre la raison
Au véto, je vais l'inviter dans ma maison.
Le scientifique entre dans la demeure
Et voit un nombre infini d'ordinateurs
Qui transmettent, en temps et en heure,
Les listes de cadeaux qui feront le bonheur
Des petits. Sur des écrans, il voit les gamins
Qui écrivent leurs lettres, qui vont les poster
Ou qui décorent le sapin avec fierté,
Imaginant père Noël déjà en chemin.
Le véto est ému. L'espoir qu'il vient de voir
Dans les yeux des gamins qui attendent le soir
L'a chamboulé…. Et dans l'étable, il trouve
Quatre magnifiques rennes, souriants, luisants,
Impatients d'aller distribuer tous les présents.
C'est comme un rêve enfui qu'il retrouve.

Carole Tymoigne
Auxiliaire vétérinaire (29)

— Quels bons souvenirs, s'écrie-t-il, quels bons moments !
J'en ai assez vu, décide-t-il, je repars,
Ne vous inquiétez pas, Noël, finis les tourments
Et un grand merci, vous êtes vraiment à part.
Le vétérinaire va voir les députés
Et les convainc. Ils votent unanimement :
Le père Noël n'a pas besoin de documents !
Et depuis, grâce à lui, cela est acté :
La magie de Noël est la seule exception
Qui ne peut souffrir aucune législation.
S'attaquer au père Noël ? La loi le défend !
Rien ne peut s'opposer aux rêves des enfants.

10. Le petit bouledogue de pain d'épices

Alice Laurens
Vétérinaire (Grande-Bretagne)

C'est la veille de Noël.

Il fait froid dehors, le vent mugit et des rafales blanches de neige immaculée fouettent les carreaux du corps de ferme cantalou, les lauzes du toit sont recouvertes d'un épais manteau blanc. On peine à entendre le feulement de la petite Rhue dans le vacarme de l'hiver cantalien qui s'agite.

Le vent fou s'engouffre dans la cheminée de la maison et fait tinter avec grand fracas les manches des casseroles en cuivre qui pendent du cantou. À la folie hivernale s'oppose le silence d'un cocon chaud et doux, l'intérieur auvergnat d'une habitation rustique mais confortable. Des plats trempent dans la souillarde, reliefs du repas de la veille. Ça sent le sucre roux et le caramel, la cannelle et la noix de muscade. Des écorces d'orange sèchent dans un ravier en céramique terre de Sienne.

Au milieu de la pièce à vivre, au pied du sapin de Noël décoré, une petite fille blonde vêtue d'une robe de laine rouge joue calmement avec ses jouets de bois, indifférente à la tempête du dehors. Comme chaque année, la petite Épice a hâte de découvrir les cadeaux que le père Noël va lui apporter. Cette année, elle voudrait un petit chien en bois à la tête ronde qui l'accompagnerait dans tous ses jeux.

À deux pas de là, la grand-mère s'affaire dans la cuisine sombre, faisant frotter le bas de ses lourdes jupes contre les plinthes usées des imposants placards en chêne. Comme à l'accoutumée, la veille de Noël, elle prépare avec amour ses pâtisseries traditionnelles.

L'aïeule virevolte de son plan de travail à la table de ferme dans un festival de senteurs inouï, prenant une pincée de ceci ou une once de cela dans les nombreux bocaux de grès alignés comme des soldats au garde-à-vous sur les étagères. L'odeur enivrante et sucrée de barbe à papa et de caramel des délicieuses mignardises préparées avec soin envahit la pièce étroite seulement éclairée par la flamme vacillante d'une bougie.

Mais ce soir, la grand-mère a une mission particulière. Elle sait que sa petite-fille aspire passionnément à la compagnie d'un petit chien, même si dans sa liste au père Noël, Épice a précisé qu'elle voulait simplement un chien en bois. Alors, la grand-mère met à contribution ses talents de pâtissière hors-pair et façonne avec amour et dévouement une gourmandise spéciale pour sa petite-fille : un pain d'épices en forme de chien. À la sortie du four, la pâtisserie est délicatement posée pour refroidir sur le bord de la souillarde.

La petite fille, intriguée, vient admirer le gâteau encore tout fumant, reposant sur la pierre froide. L'odeur des épices et du miel est absolument divine. Hypnotisée par le délicieux canidé, l'enfant avance une main timide vers la gourmandise et l'effleure du bout des doigts. Qu'il est mignon ! Qu'il serait dommage de le manger ! Elle voudrait plutôt qu'il soit vrai et qu'il devienne le compagnon dont elle a tant rêvé.

Soudain, une pluie d'étoiles illumine le jardin, et, en cette nuit de Noël magique, le plus étrange phénomène a lieu. Le petit chien de pain d'épices prend vie, sous les yeux émerveillés et ravis de la petite fille. Telle une énorme boule de savon couleur or, la friandise se gonfle, s'allonge, devient gigantesque. Dans un tourbillon de magie aux odeurs de clou de girofle et de miel se sculpte et apparaît un vrai chien grandeur nature, tout de poils et d'os. Bien vivant, il laisse échapper un jappement de joie et donne un grand coup de langue sur le visage ravi d'Épice qui n'en croit pas ses yeux. Une tête bien ronde, de drôles d'oreilles plantées en haut du crâne, de grands yeux expressifs et malicieux donnent un air délicieusement mignon au charmant petit chien. Ravie, la petite fille prend le chien dans ses bras et le serre bien fort. Elle rêvait d'avoir un compagnon à quatre pattes, son souhait le plus cher a été exaucé en cette nuit de Noël.

Céline Thibert
Vétérinaire (Belgique)

11. Au voleur !

Charlotte Fievez
Auxiliaire vétérinaire (02)

C'est le grand jour ! Rudolph le renne trépigne d'impatience. Conduire le traîneau du père Noël et récupérer les carottes laissées par les enfants au pied du sapin, quel beau métier ! Un véritable festin l'attend ce soir, alors il est vraiment pressé.

Arrivé à la première maison, le père Noël se faufile doucement par la cheminée afin d'aller déposer cadeaux et friandises.

Mais à son retour, aucune carotte pour notre brave Rudolph !

« Pas de carotte ? Impossible. » se dit Rudolph. Il est très vexé, les enfants n'oublient jamais !

Il décide d'aller vérifier par lui-même, après tout le vieil homme n'y voit plus très bien et son gros ventre rebondi a pu lui cacher la vue.

Seulement voilà, dans le salon, aucune trace de légume dans l'assiette ! Mais Rudolph remarque immédiatement de toutes petites traces de pattes… aussi petites que des petits pois.

— Au voleur ! Quelqu'un a volé ma carotte ! s'écrie-t-il.

Voler, ce n'est vraiment pas gentil. Il décide alors de suivre les empreintes laissées par le voleur. Elles le conduisent à un tout petit trou creusé dans la terre au pied d'un arbre. Si petit qu'il est pour lui impossible d'y glisser le museau.

Il frappe trois fois de son sabot sur le sol.

BOUM ! BOUM ! BOUM !

Peut-être quelqu'un va-t-il l'entendre et sortir ?

Un tout petit nez pointe hors de la tanière.

— Qui est là ? Qui fait trembler ma maison ?

Rudolph est très étonné, une minuscule souris grise sort du trou.

— Chère souricette, quelqu'un s'est introduit dans la maison pour voler une carotte. Une carotte qui m'était destinée et si j'en crois les petites traces laissées par le voleur, celui-ci se trouve ici, chez vous !

Toute penaude, la souris essaie de se faire plus petite encore.

— C'est moi, monsieur, j'ai pris votre carotte. Voyez-vous, cet hiver est très froid et la neige n'arrête pas de tomber. Il est très difficile pour nous, petites souris, de trouver à manger. Plus de légumes dans le potager, plus de graines dans les herbes recouvertes d'un manteau blanc. Alors, lorsque j'ai vu cette belle carotte, je n'ai pas pu résister. Je me suis dit qu'elle serait parfaite pour le repas de Noël de mes enfants. Je suis vraiment désolée, je vais vous la rapporter.

La petite souris se met à pleurer à chaudes larmes, honteuse d'avoir été démasquée.

Rudolph se sent à présent honteux lui aussi. Après tout, il mange des milliers de carottes chaque nuit de Noël, une de moins ne lui ferait pas de mal.

Il dit alors à la souris :

— Vous pouvez la garder. Noël est un jour de partage, celle-ci sera votre cadeau. Et je vous souhaite de passer un très beau Noël avec vos enfants.

La souricette se serre contre le sabot de Rudolph pour le remercier et retourne se cacher bien au chaud dans sa tanière.

C'est pourquoi depuis, lorsque les enfants se réveillent le matin de Noël, ils retrouvent parfois un morceau de carotte croqué. Rudolph prend soin d'en laisser la moitié, au cas où une famille de souris aurait besoin d'un dîner.

À Marceau.

Céline Thibert
Vétérinaire (Belgique)

12. Le chat qui s'appelait Noël

Mido Nnorbu
Vétérinaire (63)

Un gras et grand chat, au long poil soyeux et roux
Avait une belle vie, entre chasse et moments doux.
En été, il courait dans les prés toute la journée
À bondir derrière papillons et rats musqués,
S'amusant du moindre saut de batracien,
Ou se bagarrant avec son ami le chien ;

En hiver, plus frileux malgré sa belle fourrure
Il préférait rester au chaud, lissant sa parure,
De grands coups de langue chaude et râpeuse,
Y consacrant de longues heures heureuses,
Alternant siestes sur un fauteuil confortable,
Et repas avec les humains à table.

Sa saison préférée était celle, joyeuse et colorée,
Qui marquait depuis maintenant plusieurs années,
Le rappel de sa date de naissance, le jour de Noël.
Trouvé le soir du réveillon, il fut baptisé Caramel.
Choyé, gâté, bien nourri, abrité, protégé,
Il n'avait jusqu'alors jamais envisagé de déménager.

Saison après saison, ses humains vieillirent.
Doucement mais sûrement, de la ferme ils partirent ;
Petit à petit, les animaux ses amis le saluèrent ;
Les bâtiments l'un après l'autre se vidèrent.
Un matin, Caramel se retrouva tout seul, abandonné,
Lui qui avait toujours été le prince de ce foyer.

Mais depuis le ciel, la bonne étoile qui sur lui veillait
Depuis toutes ces années, et à Noël en particulier
Décida que, parce qu'il était si doux et si brave,
Elle ferait un miracle et lui retrouverait un havre,
Une famille aimante, comme il la méritait,
Ayant depuis toujours été un bon greffier.

La ferme avait été vendue vide d'animaux, c'est certain.
Quelle ne fut pas la surprise des anciens citadins !
Dans la cour, en plein milieu, planté sur son séant,
Un grand et plus si gras chat, triste mais accueillant,
Semblait les attendre comme s'il les connaissait déjà
Pour leur faire découvrir leur nouvel habitat.

Les propriétaires, ravis de cet inattendu présent,
En cette veille de Noël, trouvent l'animal fort élégant.
Après avoir fait connaissance, distribué câlins et baisers,
Le grand chat tristement isolé a retrouvé un foyer
Il reprend sa place favorite sur les genoux d'un humain.
Et renoue avec la sérénité, sans crainte du lendemain.

Du haut du ciel immense, sa bonne étoile satisfaite
Le contemple, alangui pour une sieste parfaite,
Ayant repris le cours de cette vie qu'il a toujours menée.
Elle va pouvoir s'occuper de ses autres protégés,
Avant de le quitter, elle veut lui offrir un ultime cadeau :
Il avait été baptisé de la somptueuse couleur de sa peau,
Cependant, deux fois lié à cette fête par le destin
Désormais il s'appellera Noël, et ce, jusqu'à sa fin.

Tri Tran Cong
Vétérinaire (55)

13. La sorcière sous la brume

Marion Coquard
Vétérinaire (03)

Il est une ville grise, au fond d'une vallée que le soleil, la pluie et le vent n'atteignent jamais. C'est un gris froid, mouillé, étouffant comme une couverture. Les rues sont grises et étroites, le ciel est gris et épais, les yeux des gens sont gris et tout enrhumés.

Autrefois, il y avait de la lumière, de la chaleur et de la joie. C'était avant le brouillard, blotti comme un chat au fond de la vallée. Il recouvre les maisons, juste au-dessus des toits, et ses rubans de brume caressent les pierres et la peau de leurs doigts glacials.

Au milieu se dresse une tour, si haute qu'on n'en voit pas le sommet (ce qui n'est pas très difficile puisque le brouillard engloutit tout ce qui dépasse les maisons). On raconte que, dans cette tour, vit une sorcière redoutable. Mais personne n'en est sûr, car personne ne l'a jamais vue.

Sous la brume, tout est figé : l'air lourd, les corps engourdis, les murs humides. Même la vie paraît presque morte. Jusqu'au jour où un bruit imprévu fait sursauter les passants.

Un souffle de peur se répand dans les rues. Il y a soudain comme une fissure dans l'atmosphère cotonneuse, quelque chose de dérangeant, de… nouveau. Quelques notes claires venues d'en haut.

Les plus courageux lèvent les yeux et se rassemblent autour d'un gros pilier sombre et bosselé. Il y en a plusieurs dans la ville, plus grands que les maisons, et personne ne sait où ils s'arrêtent.

Le plus courageux des courageux regarde le pilier qui se perd dans le brouillard, ça lui donne le vertige. Mais le bruit étrange continue là-haut et lui inspire un drôle de sentiment, une envie de tout chambouler. Alors il fait ce qu'il n'a jamais fait, et n'a même jamais eu l'idée de faire : il accroche ses mains sur les bosses du pilier et monte ses pieds. Puis il se hisse plus haut encore (ça s'appelle escalader, mais il ne le sait pas, car ici, cela ne se fait pas).

Arrivé juste sous le brouillard, il voit une protubérance, fine et longue comme une baguette, qui dépasse du pilier. Et, dessus, il y a quelque chose qui bouge. Ça s'agrippe à la baguette, ça tremble un peu, c'est tout duveteux. Ça émet un son très clair et très fort pour une si petite chose.

Alors il attrape délicatement la petite chose, la pose sur son épaule (ça le pique quand elle s'agrippe à sa peau) et redescend du pilier. Puis il la prend dans ses mains face à la foule, tout fier de son exploit et bouleversé par la fragilité de sa trouvaille.

Sa grand-mère s'approche.

— Je connais cela, dit-elle. C'est un loiso.

Elle l'a appris de sa propre grand-mère, autrefois.

Le silence se fait, mais pas un silence assourdi, non. Un silence impressionné, comme on n'en entend jamais ici.

Les mots de la grand-mère s'envolent, repris comme un grand murmure.

— Un loiso. C'est un loiso.

— C'est beau, dit un enfant.

— C'est beau, répète la foule qui découvre ce mot en même temps que l'oiseau.

— Tu es blessé, petit loiso, dit la grand-mère en tendant les mains. Viens, je vais te soigner.

L'oiseau sautille jusqu'à elle en traînant son aile cassée. Il a eu tellement peur, tout seul. Sa famille a continué son vol vers les pays chauds sans voir qu'il était tombé.

Le plus courageux des courageux demande à sa grand-mère :

— D'où vient-il ? Qu'y a-t-il là-haut ?

La grand-mère ne sait pas. Personne n'a jamais pensé à poser la question.

L'oiseau voudrait bien raconter que sur le pilier, au-dessus de la brume, il y a des branches et des feuilles, et puis un ciel bleu, léger, avec du vent, de la pluie et du soleil. Mais tout ce qu'il peut dire, c'est le gazouillement mélodieux qui émerveille ses bienfaiteurs.

Pendant plusieurs semaines, il se repose chez ses nouveaux amis qui le soignent aussi bien qu'ils le peuvent.

— Ton aile est à peu près guérie, dit un jour la grand-mère. Tu ne voleras pas aussi bien qu'avant, mais tu voleras.

Il est temps de partir, mais l'oiseau ne s'y résout pas. Il voudrait remercier ses amis, chasser le gris de leur presque-vie, leur rendre le soleil, le vent et la pluie. Mais comment ? Par la fenêtre, derrière les rubans de brume et les rues étroites, il voit la tour de la sorcière. Bien sûr, la sorcière !

Maladroitement, il volette jusqu'à la tour et se glisse par une lucarne. Il visite chaque pièce depuis tout en bas et monte, monte, jusqu'à découvrir la chambre, et la sorcière allongée sur son lit. Elle est grise elle aussi, paisible, la peau ridée, les yeux fermés, les cheveux étalés sur son oreiller. Elle ne paraît pas si terrible.

L'oiseau se pose timidement sur son oreiller, mais elle ne semble pas vouloir se réveiller. Sa main est froide, elle ne bouge pas d'un souffle. Il a un peu peur : après tout, c'est une sorcière. Il songe que ce serait si facile de monter au sommet de la tour et de s'envoler dans le ciel.

Puis il regarde tout ce gris par la fenêtre qui étouffe la ville et les passants avec leurs cœurs enrhumés qu'il voudrait tant soigner. Alors, il décide d'attendre le réveil de la sorcière.

Les jours et les nuits passent. La sorcière reste grise et figée. L'oiseau attend toujours, patiemment.

Un soir, cependant, un bruit très léger résonne, loin au-dessus du brouillard, si loin qu'on ne l'entend sûrement pas dans les rues. C'est un son carillonnant et plein de joie, que l'oiseau connaît bien et qui allume une lueur d'espoir dans son petit cœur.

Il vole jusqu'au lit et tourne autour de la dame endormie, aussi vite que son aile folle le lui permet.

— Réveille-toi, sorcière ! C'est Noël, il faut chasser le brouillard. Réveille-toi !

Le carillon léger de milliers de clochettes filant à travers le ciel se mêle aux notes claires de l'oiseau en une mélodie joyeuse. Il chante, chante de toutes ses forces, jusqu'à ce que la sorcière ouvre les yeux.

— Bonjour, petit oiseau. Quelle heure est-il ?

Elle étire péniblement son corps ridé et regarde par la fenêtre. Elle voit le gris, le gris partout.

— Eh bien, dit-elle en secouant ses longs cheveux, nous avons du travail. J'ai beaucoup trop dormi.

C'est alors qu'elle entend la musique lointaine des clochettes. Un grand sourire se dessine sur son visage et elle saute du lit. C'est toujours la même sorcière, mais, à présent, elle ressemble à une petite fille avec ses joues roses et lisses, juste creusées par deux fossettes.

— Aide-moi, petit oiseau, chante avec moi ! Nous allons manquer la fête, il faut chasser tout ce Gris avant l'aube.

Elle prend délicatement sur sa table de chevet une longue flûte en bois d'ébène et pose ses lèvres sur l'embouchure. Un souffle profond, magique, remplit la chambre, auquel se mêlent les trilles de l'oiseau.

La mélodie déborde de la tour par toutes ses fenêtres, ponctuée par le carillon des clochettes. Elle envahit les rues étroites et le ciel épais. Elle enchante le cœur des gens qui ouvrent leurs portes et marchent vers la tour : ils ne comprennent pas ce qu'est ce bruit, ils savent juste qu'ils n'ont jamais rien entendu de si puissant ni de si beau. Alors ils chantent à leur tour comme un immense chœur, étonnés qu'une telle harmonie puisse sortir de leurs gorges enrhumées.

Soudain, il n'y a plus de brouillard. Le ciel est noir, d'un noir pur comme ils n'en ont jamais vu. Un rayon de lune traverse les nuages loin, très loin au-dessus des montagnes.

Dans un bruissement de clochettes, un traîneau étincelant descend du ciel et se pose au pied de la tour. Tandis que les lutins s'éparpillent comme des fourmis et grimpent sur les toits pour livrer leurs cadeaux, le père Noël met pied à terre et salue l'assemblée ébahie. La sorcière s'approche de lui et s'incline profondément.

Oriane L.
Vétérinaire (44)

— Joyeux Noël, sorcière, dit le père Noël. Voilà presque un siècle que je vous cherche.

— Joyeux Noël, père Noël, dit la sorcière. C'est ma faute, je me suis endormie et le Gris en a profité pour nous effacer.

Il farfouille dans sa hotte jusqu'à trouver un petit objet emballé dans un papier doré. Elle l'ouvre délicatement et découvre un réveil enchanté de la meilleure qualité qui soit (car ce genre de réveil sonne toujours lorsqu'il le faut).

— C'est pour toi. Il t'aidera à veiller, pour ne plus jamais laisser le Gris effacer ce que tu protèges.

La sorcière le remercie de son plus beau sourire à fossettes puis prend l'oiseau entre ses mains.

— C'est à moi de te faire un cadeau, maintenant.

Ses mains s'éclairent et, soudain, l'oiseau s'envole et fait une cabriole dans les airs : son aile est guérie, solide comme avant.

Dans le ciel noir, quelques flocons commencent à tomber, saupoudrant les cheveux des habitants d'un duvet blanc. Ils poussent des cris de surprise : c'est froid, c'est étrange, ça disparaît entre les doigts. Mais c'est si merveilleux qu'ils restent sous la neige pour contempler les petites étoiles de cristal illuminées par la lune.

Ce soir-là, en rentrant chez eux, le bonheur flambe chaudement dans les cheminées et dans les cœurs pour la première fois depuis presque un siècle. Les petits et les grands déballent leurs cadeaux. Et la sorcière, du haut de sa tour, regarde sa ville renaître et se promet d'être toujours là pour la protéger.

Depuis ce jour, l'oiseau vit là, dans les arbres (car, en haut des gros piliers sombres et bosselés, on voit maintenant des branches et des feuilles) et rend tous les jours visite à ses amis qui l'ont sauvé ainsi qu'à la sorcière. Et tous les ans, au soir de Noël, on danse et on chante au pied de la tour, au son de la flûte de la sorcière, pour attendre le père Noël.

14. Le comte de Nau-Aile

Lisa Dalloz

Vétérinaire (54)

Il était une fois Balthazar, comte de Nau, charmant petit village situé à flanc de colline et divisé en deux parties. À l'instar d'une appellation Haut et Bas dans les bourgades alentour, nous avions ici Île et Aile.

Nau-Île était jadis entouré par la Navidad. Mais le temps ayant fait son œuvre (aidé lentement mais sûrement par le réchauffement climatique), cette dernière s'était asséchée, laissant l'île sans eau et sans boucherie[1]. Le nom était resté.

Ainsi Nau-Île avait pu rejoindre sa jumelle Nau-Aile qui quant à elle devait son nom aux oiseaux dont la colline était depuis des siècles le point de ralliement. Allez savoir pourquoi !

À l'heure de notre histoire, Île et Aile font partie du même tout. Car Île est Aile et Aile est Île, Î-Aile est Nau et le manoir est sur l'ancienne Nau-Aile.

Mais revenons à notre comte.

Le distingué Balthazar de Lépicéha, grand, svelte, le cheveu châtain, était très bel homme et portait depuis toujours la Moustache avec fierté. Ce qui d'ailleurs, lors de sa naissance, avait surpris tout le monde. Un bébé avec une Moustache ! Du jamais vu ! Pour faire taire les quolibets, sa mère avait rétorqué qu'il y avait bien des bébés qui naissaient avec des cheveux et qu'on n'en faisait pas tout un foin. Son bébé avait une Moustache, et alors ? Elle l'avait trouvé magnifique mais n'y a-t-il pas moins objectif qu'une mère pour son petit ?

Il faut dire que Balthazar avait la Moustache magique. Elle prenait forme au gré de ses humeurs et de ses envies : hérissée et

---

[1] La boucherie Sanzot, célèbre boucherie des albums de Tintin !

piquante quand il était en colère, ébouriffée au réveil, douce et soyeuse lorsqu'il fallait plaire, extravagante quand il était d'humeur taquine. Paysages, scènes de vie ou encore monstres magiques, Elle faisait le bonheur des enfants qui, chaque jour, se précipitaient à sa rencontre afin de l'admirer. Balthazar se plaisait à répandre de la joie autour de lui et cette Moustache malléable à souhait était pour cela un don du ciel.

Comte, il l'était depuis qu'il avait hérité du domaine familial. Et quel domaine ! Pour faire simple, l'entièreté du comté de Nau lui appartenait et ses ressources nombreuses et variées permettaient aux habitants de vivre dans la plus totale autonomie. Des hectares et des hectares de terres : de la terre pour cultiver, des forêts pour chasser et se chauffer, des prairies à perte de vue (on raconte qu'un borgne y aurait laissé son œil) et même un très bel étang pour la pêche. Le paradis sur Terre en définitive. Le jardin de Balthazar comme on aimait à le surnommer parfois.

Qu'il en était fier, Monsieur de Lépicéha, de pouvoir partager les ressources de son comté avec les villageois. Aussi fier qu'il pouvait l'être de sa Moustache.

Hélas, vint un temps où le comte se lassa de n'être que le seigneur de ses terres, aussi prospères fussent-elles. Il voulait découvrir le monde, acquérir son identité propre. Ne plus être seulement Balthazar de Lépicéha, comte de Nau-Aile. Être plus que cela. Épater le monde. Parce que ce qu'il aimait le plus dans la vie, c'était voir les étoiles étinceler dans les yeux des enfants du village lorsqu'il sculptait sa Moustache magique. Il voulait leur prouver, à ceux qui doutaient, qu'on pouvait être comte magicien, pas seulement l'un ou l'autre. « Les cases, c'est dépassé », pensait-il. Et puis après tout, il avait lu dans un livre qu'il y avait bien existé, jadis, des rois mages, un roi serrurier et même un roi soleil. Ce n'était même pas un métier, soleil. Finalement, comte magicien, pourquoi pas ?

Alors, un beau jour, pour ne rien regretter et puisqu'il faut vivre ses rêves, Balthazar prit sa décision, son baluchon et s'élança sur la route. Vivre la bohème en toute liberté. En route pour se produire en spectacle, lui et sa fantastique Moustache. « Mais avant tout, me trouver un nom de scène », songeait-il tandis qu'il marchait. Balthazar et sa Moustache. Trop classique.

Moustazar. Trop exotique.

Le moustachu. Trop simple.

Comte Moustache. Trop pompeux.

Les Moustagiques. Trop farfelu.

Quand soudain, l'illumination vint. À peine allait-il se l'énoncer à voix haute qu'il se retrouva fesse à terre, Moustache en l'air pleine de poussière. Mais qui était donc le malotru qui l'avait fait choir ainsi, le tirant de ses réflexions ? Une voix claire résonna à ses oreilles.

— Oh pardon, excusez-moi, pardon, pardon, je suis confuse et si maladroite. Pardon, pardon, je suis désolée, pardon, pardon.

Balthazar maugréait en se relevant, il s'était bien fait mal en tombant. Sa Moustache, après s'être ébrouée, l'époussetait quand il regarda enfin son interlocutrice. Il en resta bouche bée. Là, devant lui se tenait une charmante demoiselle, la plus belle renne qu'il eût jamais vue : pelage foncé, sabots manucurés. Mais au-delà de ça, elle parlait ! Foi de Lépicéha, une renne qui parle, il ne le croyait pas…

Bien élevé et pas rancunier pour un sou, il se présenta :

— Bonjour, Mademoiselle, je me présente : Balthazar de Lépicéha, comte de Nau-Aile, je voyage avec ma Moustache. Nous parcourons le pays dans le but de nous produire tous les deux en spectacle. Mais vous ? Qui êtes-vous et où alliez-vous si précipitamment ?

— Bonjour, Monsieur le Comte, bonjour la Moustache. Je suis D'Nèj, je m'entraîne à la course pour être la digne fille de mon père. Il était le plus rapide de son équipage et je veux le rendre fier de moi. Mais je suis encore bien loin d'atteindre son niveau. Il allait si vite qu'il arrivait à voler. Malheureusement, lorsque je suis sur le point de décoller, je m'emmêle les pattes et patatras, je chois. C'est d'ailleurs ainsi que je vous ai malencontreusement bousculé.

Cela dit, elle se mit à pleurer. Sa déception et sa tristesse touchèrent la Moustache qui lui tapota affectueusement le garrot. Surpris de l'audace de sa Moustache, Balthazar déclara :

— Mademoiselle D'Nèj, ma Moustache semble vous apprécier. Voulez-vous vous joindre à nous ? Nous répèterons notre spectacle devant vous et en échange, nous vous aiderons à vous entraîner. Qu'en dites-vous ?

La renne sécha ses larmes. Ses grands yeux de biche étincelèrent. C'était un oui ! C'est ainsi que tous trois se mirent en route.

D'Nèj, qui préférait que ses amis la nomment Nèj, était une renne de charmante compagnie. D'une humeur joyeuse et égale, elle se plaisait à partager les histoires que lui narrait son père quand elle n'était encore que faon. Son père, le roi des Rennes, avait été le coursier d'un des plus grands barbus de tous les temps. Au service de cet homme d'une générosité extrême (selon Nèj, il offrait des cadeaux aux enfants pendant la nuit de Lëon), son père avait parcouru le monde entier. Chacun de ses voyages avait été l'occasion d'un nouveau récit rempli de magie.

Grâce à la jeune renne bavarde, les journées de marche nécessaires pour arriver jusqu'en ville s'écoulèrent à une vitesse folle. Surtout qu'entre deux histoires, Nèj amusait le duo de ses courses maladroites. La présence bruyante de la petite renne fut un excellent moyen d'éloigner les coupe-Moustaches du coin, ces bandits de grand chemin qui délestaient d'un coup de rasoir les plus beaux attributs poilus pour les revendre à prix d'or au marché noir. Les poils de Moustache magique, concoctés en potion ou en mixture, auraient, semblait-il, des vertus curatives contre la calvitie. Aussi,

Stéphanie Chenuaud
Vétérinaire (53)

notre équipe se devait d'être vigilante. Rien qu'à l'idée de vivre sans Elle, Balthazar se sentait nauséeux.

Chaque soir, le petit groupe se reposait autour d'un feu de camp. Et si D'Nèj sombrait dans les bras de Morphée dès les premiers crépitements flamboyants, Balthazar et sa Moustache trouvaient encore la force de répéter leur numéro.

Si bien que le jour de la première, la jeune renne ignorait tout du contenu du spectacle. Cela ne l'empêcha pas de courir dans toute la ville, tel un héraut, en déclamant en boucle :

— Oyez, oyez, chers habitants. Venez admirer le duo le plus ex-tra-or-di-nai-re, le plus mer-veil-leux, le plus ta-len-tu-eux, j'ai nommé la Paire Nau-Aile ! Conte du comte et sa Moustache magique ! Sur la grand-place, ce soir, venez nombreux !

Et ils vinrent en nombre.

Par curiosité pour certains, d'autres par ennui et quelques-uns par envie. Sur la place illuminée de bougies, rendant l'ambiance chaleureuse malgré les flocons qui tombaient, ils trouvèrent une estrade. Surexcitée, la renne courait de spectateur en spectateur, les plaçant au fur et à mesure, devant, derrière, en fonction de leur taille, afin que tous profitent du spectacle sans être gênés par le voisin. Elle était si enthousiasmée par cette foule venue voir ses deux amis, qu'elle ne s'aperçut pas que son mufle s'illuminait d'un rouge flamboyant.

Balthazar, derrière le rideau, faisait le vide dans son esprit. Ils étaient prêts, avec Moustache. Lui avait travaillé sa voix, elle avait assoupli ses poils. Cela ne pouvait que bien se passer, se rassurait-il.

Poc ! Poc ! Poc !

Nèj, en Madame Loyale, tapa du sabot trois fois pour réclamer le silence. Le brouhaha se fit murmure. Le rideau se leva. Le silence prit ses aises. Le comte Balthazar apparut, tiré à quatre épingles, la Moustache ébouriffée. Il commença à conter une histoire, son histoire. Très vite, la foule se moqua. Mais qui était cet homme, ce gugusse, qui se prétendait comte-magicien mais dont on n'apercevait aucune magie. On le siffla, le hua. La Moustache restait ébouriffée ! Elle, aux habitudes si extravagantes était, là, pétrifiée par le stress. Toute cette foule venue pour les voir la paralysait. Incapable de bouger ne serait-ce qu'un poil.

À l'arrière dans les coulisses, Nèj ne voyait que le dos de ses amis et ne comprenait pas ce qu'il se passait. Pourquoi les huait-on ? En contournant l'estrade, une plaque de verglas renvoya à la jeune renne son reflet. « Mais... mon mufle ! Là ! Tout rouge ! Mais qu'est-ce que...? » Prise d'une soudaine panique devant ce nez de clown, elle se mit à courir autour de la scène. Imperturbable, Balthazar poursuivait son histoire. Un Lépicéha ne renonce pas si facilement devant la difficulté, même lorsqu'une renne D'Nèj affolée tourne autour de la Paire Nau-Aile. Le flegme de Nau, dirait-on. Quant à notre Moustache, surprise par la course effrénée de plus en plus rapide de son amie Nèj et angoissée à l'idée qu'elle chute et blesse les spectateurs, elle sortit de sa torpeur. Un tourbillon commençait à se former, il fallait agir vite. Elle voulut se lancer alors en lasso autour de son cou. Mais la renne D'Nèj courait si vite, que Moustache ne lui effleura que la croupe. Sous la fouettée de Moustache, Nèj fit un saut et...

Des « Wouaaaaaaaah ! » et des « Ooooooooooh ! » retentirent dans la foule. Nèj venait de décoller. Elle volait devant les spectateurs ébahis. Enfin de la magie ! Ils en prenaient déjà plein les mirettes quand un enfant cria :

— Regardez la Paire Nau-Aile !

Le comte de Lépicéha et sa Moustache, entraînés par le tourbillon de Nèj, lévitaient, un mètre au-dessus du sol. Lui, de sa voix grave racontait son histoire, leur histoire. Elle, se transformait au gré des paroles de son comte. Tous, petits et grands, furent subjugués par ce trio volant, si poétique, si magique.

Lorsqu'ils revinrent au sol, les bravos et les hourras secouèrent la grand-place si fort que cette dernière dut se boucher les oreilles. On les félicita. On les souleva. On les porta en triomphe. Et on en redemanda le soir suivant, et celui d'après, et cela pendant tout l'hiver. Le spectacle était un succès.

Quand l'hiver toucha à sa fin et que le printemps pointa le bout de son nez, le trio fatigué fit une pause. Balthazar se languissait de son château. Moustache, épuisée de se contorsionner tous les soirs, rêvait de moustachothérapie (soin à base d'huile de coco et de massages qui permet aux poils de se détendre) par les doigts de fée de sa coiffeuse préférée. D'Nèj envisageait d'aller revoir son père pour lui montrer ses progrès avant de se refaire une santé sur les vertes pâtures de Nau-Aile.

C'est ainsi que leur histoire se termine... enfin jusqu'au prochain spectacle qui est, paraît-il, en préparation. Les rumeurs racontent qu'il y aura un ménestrel.

15. Le lutin facétieux
Bouffanges
Vétérinaire (69)

Il était une fois
Un lutin qui, parfois,
Faisait quelques sottises
Et le reste du temps,
Enchaînait les bêtises.
Il aimait tant et tant
Entortiller les poils
Des rennes affolés,
Et tel un feu follet,
Décrocher les étoiles
Des sapins décorés,
Bourrer de boue les bottes,
Orner de houx les hottes,
En douce picorer
Les délicieux biscuits
D'honnêtes camarades,
Créer des courts-circuits,
Lancer des pétarades,
Déchirer les papiers,
Aller casser les pieds
De tous ceux qui œuvraient
Dans ce pays givré
À la magie des fêtes,
Relâcher des mouffettes,
Des serpents de plastique,
Des scorpions domestiques,
En bref, tout un bestiaire
Dans les halls des vestiaires...

En un mot comme en cent :
Il était harassant.

Si bien que Nicolas,
Un beau Noël, trop las,
Le fit empaqueter
Dans un papier bleuté,
Le glissa dans sa hotte,
Vêtit sa redingote,
Et fit claquer les rênes
De son troupeau de rennes.

Parmi les cheminées
Balisant sa tournée,
Saint Nicolas opta
Pour la toute première.
Soulagé, il jeta
Dans la calme chaumière,
Le merveilleux cadeau
Qu'à l'aube balbutiante
Une enfant, une ado,
Ouvrirait, impatiente.

Un très léger scrupule
S'infiltre sous le pull
Du bonhomme carmin.
Il souffle entre ses mains,
S'installe sur sa luge,
Hésite une minute,
Conclut enfin : "Et zut !
Après moi, le déluge !"

Mattias Delpont
Vétérinaire (31)

Elle est bien inutile,
Voire même futile,
La pitoyable strophe
Sur la trop prévisible
Absolue catastrophe,
Pour ce foyer paisible,
Que ce lutin farceur
Terrible destructeur
De paix et de silence...

Passons ces turbulences
Et tentons l'impossible :
Trouver un dénouement
Ou un enseignement
À cette inadmissible
Histoire d'abandon,
À cet Armageddon
De gui et de guirlande.

Du Cap jusqu'en Irlande,
D'Hawaï au Kosovo,
Par les monts et les vaux,
Les fleuves et les vents,
Il arrive, souvent,
Que d'aucuns soient déçus,
Déçus par leurs cadeaux,
Déçus d'avoir reçu
Un vilain sac à dos,
De la crème antirides,
Une paire de tongs,
Un kitschissime gong
Rapporté de Madrid,
Un fer à repasser,
Une poupée vaudou,

Une brosse à WC,
Un mug, du shampooing doux,
Ou un Monopoly,
Bref : un de ces présents
Laids, vexants, déplaisants,
Qui vous donnent envie
De filer tôt au lit
Pour tenter d'oublier
Désirs inassouvis
Et espoirs sacrifiés.

Qu'ils rangent leurs soupirs
Et sortent leur sourire,
Ç'aurait pu être pire :
Un vil vieillard maniaque
Aurait pu leur offrir
Un lutin démoniaque.

16. Le chaton qui voulait devenir renne

Charlotte Fievez
Auxiliaire vétérinaire (02)

Dans une coquette petite maison, vivait un jeune chaton. Roux et blanc, un air malicieux et une petite queue cassée en trompette, voilà deux mois que Pablo, confortablement installé entre les pattes de sa maman, écoutait les histoires que racontait sa famille humaine.

Elles parlaient de magie, de Noël, de friandises, de rennes qui volaient parmi les étoiles.

— Ouaaah ! Incroyable, Maman ! Tu entends ça ? Moi aussi, lorsque je serai grand je serai un renne ! Et j'aiderai le père Noël à livrer tous ses cadeaux, il sera très fier de moi !

Cette idée fit sourire Maman Chat.

— Mon Pablo, c'est impossible. Même lorsque tu seras grand, tu seras toujours trop petit. Les rennes sont des animaux immenses, encore plus gros que nos humains ! Tu ne seras jamais assez fort pour tirer le traîneau.

Pablo était vexé.

— Mais tu dis toujours qu'un jour je serai grand et fort !

— Grand et fort comme un chat, mon chaton, pas grand et fort comme un renne.

Pablo réfléchit et décida de demander au premier intéressé : le père Noël ! Mais comment faire pour le contacter ? Il ne pouvait pas écrire de lettre avec ses petites pattes. Pablo se coucha sur le rebord d'une fenêtre, fixa l'étoile la plus brillante du ciel, ferma les yeux et se mit à penser très fort :

— Père Noël, c'est Pablo, si tu m'entends, et j'y crois de tout mon cœur, accepterais-tu de me prendre comme apprenti renne ? Je serai courageux et je m'entraînerai tous les jours, c'est promis. Je veux apporter de la joie et de la magie dans ce monde comme dans tes histoires.

Pablo répéta son discours encore et encore jusqu'à s'endormir.

À son réveil, Pablo découvrit un petit mot glissé sous ses pattes. Mais Pablo ne savait pas lire !

Il prit le papier dans sa gueule et l'amena à Maman Chat. Maman Chat, elle, elle savait lire ! Lorsqu'elle était petite, Catherine, la petite fille de la maison la prenait souvent sur ses genoux pour lui raconter des histoires.

Maman Chat, très surprise, commença la lecture :

— Cher Pablo, j'ai bien entendu ton message. Malheureusement, les chats ne peuvent pas tirer mon traîneau. Je suis certain que tu aurais travaillé très dur et que tu aurais été très courageux mais les rennes sont bien trop grands, ils auraient pu t'écraser avec leurs sabots. Tu es un très gentil chaton, continue à croire en la magie et à rêver de belles choses.

Rêver ? Mais rêver de quoi ? C'était ça, son rêve : devenir un renne, apporter de la joie, faire naître des sourires sur les visages, comme lorsque Catherine racontait les histoires. Tout espoir était perdu.

Pablo, triste, n'écoutait plus les histoires. Il restait assis de longues heures sur le rebord de la fenêtre, seul, à regarder les oiseaux. Il continua ainsi pendant des jours. Plus de joie de vivre, plus de bonheur. Maman Chat, chagriné elle aussi de voir son chaton dépérir, s'adressa un soir au père Noël et lui demanda de l'aider.

Comme la première fois, au matin, un petit mot fut trouvé.

— Cher Pablo, tu ne pourras pas devenir renne, mais si ton souhait d'apporter la joie est ta priorité alors j'ai pour toi un travail tout trouvé !

Pablo n'en croyait pas ses oreilles ! Ses vibrisses frémissaient ! Travailler avec le père Noël, ce serait merveilleux !

Certes, il ne serait pas renne, mais contribuer au bonheur, c'est bien cela le plus important.

Carole Tymoigne
Auxiliaire vétérinaire (29)

Le soir venu, pendant que toute la maison était endormie, un petit lutin se faufila par la cheminée pour venir chercher Pablo.

— Es-tu prêt pour venir avec moi ? Ne t'inquiète pas, demain matin, je te ramènerai chez toi.

Après un rapide bisou à Maman Chat, Pablo était prêt à partir !

Pffffffffffff.... Un soufflement sur de la poudre magique et POUF ! Les voilà transportés au Pôle Nord, devant l'atelier du père Noël !

Il était là, dans son costume rouge. Exactement comme dans les livres. « Mais en bien plus gros ! » se dit Pablo.

— Mon petit chaton, voici ma proposition : chaque année, nous devons mettre en peinture des centaines de casse-noisettes. Mes lutins, malgré leurs petites mains, arrivent difficilement à les peindre. Mais toi, ta magnifique queue en trompette serait parfaite ! Elle serait le pinceau idéal pour dessiner des yeux malicieux et des sourires sur leurs visages.

Le père Noël poussa les grandes portes en bois de l'atelier et Pablo resta bouche bée. Au plafond, d'immenses guirlandes parées de milliers d'ampoules de toutes les couleurs illuminaient la salle. Partout où Pablo regardait, il y avait des machines qui sur leur tapis roulant faisaient avancer les jouets prêts à être colorés. Une odeur de chocolat et de pain d'épices flottait dans la salle. Et au centre de la pièce, une équipe de lutins concentrés sur leur travail, étaient en train de peindre les jouets. Certains s'occupaient des costumes des soldats de bois, d'autres de leurs chapeaux, mais tous levèrent les yeux et accueillirent Pablo avec des sourires de bienvenue.

— Alors qu'en dis-tu, Pablo ? Veux-tu rejoindre notre équipe ?

Pablo accepta cette offre avec grand plaisir. Il était de nouveau heureux, heureux de pouvoir contribuer à fabriquer des jouets qui feraient le bonheur des enfants, la nuit de Noël. Confortablement installé sur un grand tabouret, Pablo trempa le bout de sa queue dans les petits pots de peinture et laissa place à sa créativité. Du rouge, du jaune, du vert, du doré, toutes les couleurs y passaient ! Il dessinait des sourires mais aussi des airs plus sérieux, des petits nez et des yeux malicieux.

Les lutins et le père Noël étaient très impressionnés.

— Bravo Pablo ! Les casse-noisettes n'ont jamais été aussi beaux !

Le lendemain matin, de retour à la maison, Pablo s'empressa de raconter cette merveilleuse nuit à sa maman avant de s'endormir paisiblement.

Le père Noël, tellement satisfait du travail de Pablo, décida d'agrandir son équipe. Des centaines de chatons venus de tous les horizons se retrouvèrent à l'atelier, tous très fiers de pouvoir aider.

Voilà pourquoi certains chats, exténués de leur nuit, dorment toute la journée et se faufilent dehors à la nuit tombée, c'est pour partir au Pôle Nord toute la nuit travailler.

17. Lucien le lutin
Tri Tran Cong
Vétérinaire (55)

Il était une fois, au pôle nord, un lutin nommé Lucien. Lucien le lutin en avait assez.

— Il m'énerve, ce vieux grigou, ronchonnait-il entre deux soupirs.

Deux heures auparavant, le père Noël l'avait convoqué dans son bureau. Arpentant les couloirs de la vaste demeure, Lucien sentit peu à peu la colère se transformer en appréhension. Il toqua à la porte.

— ENTREZ ! rugit une grosse voix.

Lucien frissonna, puis entra dans le bureau. Le père Noël avait sa tête des mauvais jours, les cheveux hirsutes et les sourcils en bataille. Lucien poussa un soupir. Il n'est pas toujours facile d'être un employé du père Noël, surtout quand celui-ci est en plein stress, à quelques jours de Noël.

On a beau avoir été nommé deux fois d'affilée meilleur lutin du mois, on n'est jamais à l'abri d'une des célèbres colères du père Noël. Lucien s'était approché de l'immense bureau en baissant la tête, son bonnet dans les mains.

— Lucien ! avait tonné le père Noël, j'ai une mission de la plus haute importance à te confier. Il est arrivé une catastrophe. Cette année, les enfants du monde entier risquent de ne pas avoir leurs cadeaux.

Il avait marqué une pause, qui avait semblé durer une éternité, triturant les poils de sa longue barbe blanche entre ses grosses mains et en grommelant des jurons à faire rougir la plus délurée des fées.

— Pour la première fois depuis plus de mille ans, ma hotte magique est en panne, avait-il finalement lâché. Il faut que quelqu'un la répare. Sinon, il n'y aura pas de Noël cette année.

La hotte magique du père Noël est un artefact indispensable. Elle permet de contenir des millions de cadeaux en prenant cependant à peine plus de place qu'un sac à dos. Depuis sa fabrication par les Hobbits de la Terre du Milieu, après l'affaire des anneaux, elle n'avait jamais fait défaut. Mais cette fois, impossible d'y stocker le moindre paquet. La hotte le renvoyait systématiquement à la tête, avec un bruit de hoquet, de celui qui essayait de l'y faire rentrer.

Pour Lucien, la situation était claire : il devait trouver comment réparer la hotte magique, sans quoi il pointerait au chômage le 26 décembre. Le gros problème, c'est que les Hobbits s'étaient retirés dans la Comté et que personne n'avait entendu parler d'eux depuis des siècles. Ils avaient bénéficié du sortilège que les Elfes avaient mis au point pour dissimuler la Terre du Milieu, pour échapper à l'afflux de touristes, à la suite du succès des récits de JRR Tolkien.

La première mission de Lucien était donc de retrouver un Hobbit capable de remettre la hotte en état de marche. Un lutin a de la ressource, et des réseaux. Lucien ne faisait pas exception, et il avait un contact parmi les gangsters de la ville. Quel meilleur informateur sur la Terre du Milieu que quelqu'un du milieu ?

Albert du Rex, le chef du gang local, était surnommé « Al Capote ». Lucien le rencontra dans un tripot du centre-ville, et, après avoir payé quelques tournées, parvint à obtenir un tuyau intéressant. Un Hobbit collaborait à une revue spécialisée sur les hottes, « Hotte Vidéo ». Lucien connaissait ce personnage, prénommé Houane, de réputation. Il lui fit parvenir un message par pigeon mécanique.

Le message disait : « Aidez-moi, Hobbit Houane, vous êtes mon seul espoir ».

La rencontre eut lieu deux jours plus tard. Les hommes d'Albert bandèrent les yeux de Lucien, puis le conduisirent dans un entrepôt désaffecté. Il fallut un peu de temps à Lucien pour s'habituer à la pénombre. Il vit s'avancer une silhouette trapue. La première chose qu'il remarqua, ce furent les grands pieds poilus.

Houane le Hobbit était à peine plus grand que Lucien, mais il était beaucoup plus large. Il toisa le lutin pendant quelques instants, puis demanda, d'une voix nasillarde :

— Pourquoi me déranges-tu, lutin ?

Lucien avait apporté la hotte avec lui et fit constater qu'on ne pouvait y faire rentrer aucun cadeau. Le Hobbit réfléchit quelques minutes. Puis il dit :

— J'ai entendu parler de ton Nouwel, et aussi du Nouwel An. Tu l'ignores sans doute, mais ton patron, le père Nouwel, a du sang Hobbit. Nous avons un ancêtre commun : un roi Hobbit connu pour la brièveté de ses discours, après qu'il a perdu une partie de sa calotte crânienne suite à un coup de sabre donné par un ennemi particulièrement fourbe. On le surnommait le Sire Concis. Si c'est si important pour lui, je vais essayer de t'aider.

Il sortit alors de sa poche une petite trousse, qui, expliqua-t-il à Lucien, était tressée avec les mêmes roseaux magiques que la hotte, roseaux qui poussent au bord d'une mare qu'on a appelée la mare-hotte. La hotte magique, que les Hobbits appelaient la hotte antique, était en effet le premier objet fabriqué avec ces roseaux. De cette petite trousse, il sortit tout un tas d'instruments, et commença à démonter la hotte. Au bout d'une heure d'efforts, Houane soupira de dépit.

— Rien à faire, se lamenta-t-il, j'ai fait une vidange, j'ai démonté le carburateur, changé les vis platinées et le joint de culasse, mais ça ne marche pas.

Il se gratta la tête puis dit à Lucien :

— Le problème n'est pas mécanique, c'est donc un problème magique.

Il doit y avoir une perturbation dans le sortilège de dilatation de l'espace. Tu devrais aller voir le sorcier Henry Poêteur, il a utilisé un sortilège semblable il y a quelques années.

— Henry Poêteur ? Qui est-ce ? demanda Lucien.

Le Hobbit le regarda avec un air de commisération.

— Ah, tu es un jeune lutin. Trop jeune pour l'avoir connu. Il y a quelques décennies, les aventures de ce sorcier passionnaient le monde entier. Maintenant, Henry est un peu oublié. Tu le trouveras à l'école de sorcellerie de Pucedesaindoux.

Puis il indiqua à Lucien comment prendre le train pour parvenir à Pucedesaindoux. Il eut cette phrase que le lutin ne comprit pas :

— Vas-y plutôt le matin, il a de meilleures chances d'avoir les idées claires.

Le voyage en train jusqu'à l'école de sorcellerie fut assez fatigant. Mais Lucien fut émerveillé par le majestueux château, avec ses tours médiévales qui semblaient toucher les nuages, et les ballets de balais dans le ciel. À son arrivée, Lucien fut envoyé dans le pavillon des Chiffondor. Le bâtiment était désert. Les élèves étaient tous partis assister au tournoi de Quichebitch, qui faisait s'affronter les plus grandes écoles de sorcellerie. Il fut frappé par le désordre qui régnait dans la salle commune, dont le sol était jonché de bouteilles vides. Dans un coin de la salle, il y avait un grand canapé rouge et jaune. Sur ce canapé dormait, tout habillé, un homme. Plutôt grand, mais avec une bedaine assez conséquente, il avait gardé ses lunettes rondes. Ses cheveux bruns en bataille commençaient à grisonner. Lucien pensa qu'Henry Poêteur ne ressemblait plus vraiment au jeune homme fringant qu'il avait vu en photo. Le sorcier ronflait comme un sonneur.

Lucien se racla la gorge bruyamment. Il ne parvint pas à réveiller le dormeur. Il secoua l'épaule d'Henry, doucement d'abord, puis plus brutalement. Le sorcier sursauta, grogna, et se redressant soudain, il tendit le bras vers Lucien en criant :

— Avada Kedavra !

Il y eut un moment de silence. Henry était assis sur le bord du canapé, brandissant devant le visage d'un Lucien médusé une bouteille de whisky à moitié vide. Henry éclata de rire.

— Tu as de la chance, lutin ! Si c'était ma baguette magique, tu serais raide mort... Où est-elle, cette fichue baguette, d'ailleurs ?

Marie Cosson
Vétérinaire (73)

Pendant de longues minutes, en titubant et en maugréant, Henry fouilla la pièce à la recherche de sa baguette.

Lucien décida de l'aider, parce qu'il avait une hotte magique à réparer et qu'on n'allait pas y passer le réveillon. C'est lui qui finit par retrouver la baguette, coincée entre deux coussins du canapé. Il put enfin expliquer au sorcier l'objet de sa visite. Quand il eut fini, Henry poussa un long soupir. Ce qui emplit la pièce de son haleine chargée d'alcool et d'une fétidité due à une absence chronique d'hygiène dentaire. Lucien dut faire un gros effort pour réprimer une grimace. Henry, les traits tirés, lui dit alors que cet enchantement lui rappellerait sa jeunesse, quand il était encore un jeune sorcier plein d'avenir, et pas encore ce professeur désabusé et alcoolique de lutte contre le côté obscur de la Force.

Il s'approcha de la hotte, et au moment où il allait prononcer la formule magique, Lucien lui fit remarquer timidement qu'il tenait sa baguette à l'envers.

Henry marmonna un juron, retourna la baguette, et prononça la formule :

— Examino Enchantum.

Le couvercle de la hotte commença à devenir de plus en plus brillant, jusqu'à ce qu'on ne puisse plus le regarder. Puis, dans un tintement semblable à celui d'une clochette, il sembla disparaître, révélant l'intérieur de la hotte. Ce qui aurait dû être un petit volume en osier était, par la magie de l'enchantement des Hobbits, un espace immense. Un entrepôt dont on ne voyait ni le fond ni le plafond.

Mais à cette période de l'année, les gigantesques étagères de la hotte auraient dû être chargées de cadeaux. Or, elles étaient totalement, désespérément, vides.

Il y eut un nouveau tintement, puis le couvercle de la hotte reprit son aspect normal. Henry plissa son front, que barrait une cicatrice en forme d'éclair au chocolat.

— Je ne comprends pas, dit-il, l'enchantement est encore fonctionnel. Pourquoi ne peut-on pas y mettre les cadeaux ?

— J'ai une idée.

Le sorcier était transfiguré. Ce défi lui faisait retrouver un peu de l'entrain de sa jeunesse, quand il combattait le maléfique Tronchedemort. Henry courut vers l'escalier qui menait à l'étage. Il trébucha sur l'une des bouteilles qui jonchaient le sol. Il tomba lourdement sur le dos et se releva avec difficulté. Il revint avec un pot d'onguent, qu'il s'appliqua sur la peau du bras. L'onguent devint alors un long gant. Henry souleva le couvercle de la hotte, et glissa son bras à l'intérieur. Pendant quelques secondes, il explora l'intérieur de la hotte, le bras rentré jusqu'à l'épaule. Puis soudain, il poussa un cri strident et retira vivement son bras.

— Elle m'a mordu ! rugit-il.

Furieux, il tourna sa baguette vers Lucien et prononça la formule :

— Expulso Lebonum.

Lucien eut l'impression que deux mains gigantesques le saisissaient et le jetaient dehors. Il se retrouva sur les fesses, devant le bâtiment. Il tourna son regard vers la porte et n'eut pas le temps d'éviter la hotte, que le sorcier venait d'expulser à son tour et qui lui arriva en plein visage. Lucien perdit connaissance.

Quand il revint à lui, le soleil était en train de se coucher. Il ramassa la hotte et retourna vers la gare. Le lutin du père Noël était désespéré. Son nez saignait un peu et il avait l'impression qu'une de ses incisives, en haut à gauche, bougeait. Assis sur le quai, il commença à pleurer.

— Que vais-je devenir ? se lamenta-t-il. Maudite hotte, par ta faute, je vais devoir aller pointer à l'Agence Nordique Pour les Elfes.

Il se moucha bruyamment, et ajouta :

— Le pire, c'est que je ne sais même pas pourquoi tu ne veux plus prendre les cadeaux.

C'est alors qu'à sa grande stupéfaction, la hotte lui répondit, d'une voix caverneuse et traînante :

— Parce que j'en ai assez.

— Tu... pa... pa... parles ! bégaya Lucien. Mais depuis quand ?

La hotte répondit :

— Depuis toujours. En appliquant sur moi le sortilège de dilatation de l'espace, les Hobbits m'ont aussi donné une conscience. Mais pour pouvoir m'exprimer, il fallait d'abord que quelqu'un m'adresse la parole. Personne n'a jamais pensé à le faire, depuis des siècles.

La hotte parlait très lentement, et l'énoncé de ces quelques phrases sembla durer une éternité. La hotte lui dit qu'elle se sentait mal. Elle avait besoin de se confier, dit-elle, mais, ajouta-t-elle, ne parlerait de ses problèmes qu'à un professionnel. Il était difficile de lui tirer les vers du nez, étant donné qu'une hotte n'a pas de nez. Mais avec beaucoup de patience, Lucien parvint à obtenir quelques précieux renseignements. La hotte avait une culture encyclopédique. En effet, elle avait le pouvoir de voir dans les détails chaque cadeau, qui, depuis des temps immémoriaux, lui était confié. On offre souvent des livres à Noël, et la hotte avait lu chacun d'entre eux. C'est ainsi qu'elle savait que la personne dont elle avait besoin était un psychanalyste spécialisé dans les objets magiques, un nain du nom de Sigm'hund. La hotte en profita pour donner son nom à Lucien : elle s'appelait Touadlakhejmymet'h, mais c'était un peu long, alors ses amis l'appelaient Toua. Le nain psychanalyste vivait dans une grotte du Tyrol. Il était superstitieux et considérait que marcher dans la grotte, ça portait bonheur. Lucien se demanda comment il allait faire pour s'y rendre. Toua la hotte le rassura, d'une voix un peu moins traînante. Avec l'habitude, son débit devenait plus fluide. La hotte avait, dans ses profondeurs, d'énormes hangars magiques qui contenaient tous les cadeaux qui, pour une raison ou pour une autre, n'avaient pas pu être remis à leurs destinataires. Elle appelait ces hangars des « souktes » : mélange de « soute » et de « souk ». En particulier, elle avait dans une de ces souktes un Boeing 737 et tout son équipage. Cet avion était le cadeau de Noël d'un milliardaire américain à son fils. Mais celui-ci, après avoir rencontré une militante écologiste, avait renoncé à ce cadeau trop polluant, et avait demandé, à la place, une yourte à climatisation solaire.

Regarder la hotte recracher l'avion fut un spectacle étonnant. Un peu comme un boa qui avalerait un éléphant, mais à l'envers. L'équipage, qui s'ennuyait ferme dans la soukte, où Internet ne passait pas, fut ravi d'amener Toua et Lucien à leur destination.

Entre-temps, Lucien était parvenu, grâce aux relations du père Noël, à obtenir un rendez-vous chez le nain Sigm'hund, malgré le planning très chargé de ce dernier. Le fait que celui-ci avait commandé un cadeau pour sa femme, ou pour sa maîtresse — Lucien n'avait pas bien compris — avait manifestement permis de débloquer la situation.

Sigm'hund le nain accueillit Lucien et Toua dans sa grotte-cabinet. C'était un être bizarre. Non pas à cause de sa petite taille, normale pour un nain, mais du fait qu'il s'agissait en fait d'un individu à deux têtes. La première était une tête de nain normale, avec une barbe taillée en pointe. Au niveau de la nuque était rattachée une tête plus petite, avec un regard lubrique et dérangeant. Lucien apprendrait, plus tard, que le nain Sigm'hund appelait ce frère siamois qu'il ne voyait pas, mais dont lui seul pouvait entendre la voix, son « nain-conscient ». Il fit poser la hotte sur le divan, puis s'assit dans un fauteuil en tournant le dos à son patient. Lucien dut sortir de la pièce pendant la séance. Au bout de quelques minutes, il entendit des éclats de voix et rentra dans la pièce. Debout devant son fauteuil, rouge de colère, le nain le regarda et lui ordonna de prendre la hotte qui, sur le divan, l'insultait, et de ne jamais revenir. L'autre tête avait aussi l'air furieuse.

Une fois éloigné de la grotte, Lucien comprit ce qui s'était passé. Le psychanalyste avait tenté d'expliquer à la hotte qu'elle souffrait d'un complexe d'Œdipe, caractérisé, comme chacun sait, par le besoin de coucher avec le parent de sexe opposé et de tuer l'autre. Toua lui avait objecté que non seulement iel n'avait pas de parents, mais que de surcroît iel n'avait pas de genre défini. La conversation avait dégénéré à partir du moment où la hotte magique avait dit au psychanalyste que ce n'était pas parce qu'il était pourvu d'un nain-conscient pervers, qu'il fallait croire que c'était une généralité. Le psychanalyste, lorsqu'il avait insisté, s'était fait traiter de nain-posteur, et s'était entendu dire que ses théories, c'était nain-porte-quoi. Lucien était partagé entre deux sentiments. D'un côté, il comprenait l'attitude de la hotte, qu'il commençait à trouver sympathique, mais de l'autre il était toujours désespéré de ne pas avoir rempli sa mission. Il s'en ouvrit à Toua. Toua resta un instant silencieux·se. Puis iel dit s'être senti·e en burn-hotte, et avoir cru que vider son sac face à un professionnel lui aurait fait du bien. En entendant cela, Lucien eut une illumination. Eurêka, bon sang, mais c'est bien sûr, et toute cette sorte de choses.

Depuis des centaines d'années, la hotte magique avait accumulé dans ses souktes des milliers d'objets plus ou moins gros, du porte-clés au Boeing 737. Si elle vidait son sac, au sens propre, il était probable que ça lui ferait du bien. Si Toua avait eu des bras, iel aurait étreint Lucien. Effectivement, il avait trouvé de quoi iel souffrait. C'était une HPI : une Hotte avec une Putain d'Indigestion. Lucien rameuta l'ensemble des lutins du père Noël, pour pouvoir recycler les cadeaux inutilisés stockés dans les souktes de la hotte. La totalité des objets put retrouver de nouveaux destinataires. Les êtres vivants, parmi lesquels l'équipage du Boeing, un chippendale, quelques dizaines de chiots et de chatons, et un raton laveur, purent retrouver leur liberté.

Maintenant que Toua pouvait parler, iel pouvait négocier directement avec le père Noël. Celui-ci avait déjà fort à faire avec le syndicat des lutins et celui des rennes. Mais pour que ce Noël puisse avoir lieu, ce qui fut le cas, il fut bien obligé d'accéder à toutes les revendications de la hotte, à savoir la fin des cadeaux genrés et polluants, ainsi que la mise en place d'un espace de stockage pour remplacer les souktes. C'est ainsi qu'au lieu de garder les cadeaux non distribués, en attendant leur recyclage, Toua put les déposer aux WC : Winter Closet. Enfin, et ce n'est pas là le moindre des changements, Toua obtint la fabrication d'une seconde hotte magique, appelée Mwad'ceutruque, Mwa pour les intimes. Toua et

Mwa devinrent inséparables, ne se quittant que pour travailler, en alternance, à la période de Noël.

Iels vécurent heureux·ses, car iels n'eurent pas d'enfants.

18. Temps de chien

Émeline Schiebel
Vétérinaire (85)

Accrochée à sa courte chaîne
Sous la pluie, une douce chienne,
Une jolie berger allemand,
N'en dirait sûrement pas autant.

Prunelle, dans sa niche,
Loin d'une vie de caniche,
Les pattes dans la gadoue
Vit au milieu des cailloux.

Elle rêve dans la lumière blafarde
De ne plus jamais monter la garde,
Gronder chaque fois sur des renardes
Arrivées là par mégarde.

Les étrangers, sans faille, elle fait fuir,
Mais elle sent au fur et à mesure
Que le présent approche le futur
Ses forces doucement s'amenuir.

Elle préférerait,
De loin, se réchauffer
Dans un tout doux foyer
Avec son enfant adoré.

L'enfant par la fenêtre
En train de se repaître,
De la voir dans le froid,
De tristesse reste coi.

De voir sa chienne ainsi
Toute triste dans son abri
Dans le froid de canard,
Cela lui donne le cafard.

Lui, rouge comme une écrevisse
Avec un plaid sur les cuisses,
Blotti au chaud près du feu,
Entouré de tous ses jeux,

Pour son cadeau de Noël demanda
En échange de son petit soldat
Aux étoiles brillantes ennuagées
Un Noël au chaud pour son canidé.

Il monta se coucher dans sa chambre,
Regarda sa lampe couleur d'ambre,
Pria les deux mains liées
Que son souhait fût exaucé.

Et comme par magie,
Un beau cadeau se blottit
Dans un petit coin
Au pied du grand sapin.

Le lendemain matin au lever,
L'enfant trouva pour Prunelle,
Sa chienne la plus fidèle,
Un beau panier en osier.

Pauline Ambroise
Vétérinaire (55)

À partir d'aujourd'hui,
Les nuits dehors c'est fini !
Dorénavant en retraite,
Elle pourra chaque jour lui faire la fête.

C'est maintenant à l'intérieur
Que l'enfant lui contera chaque soir, ô bonheur,
Toutes ses folles aventures,
Étalés sur la couverture.

Un sale temps de chien,
Expression de crétin !
Même un toutou tout poilu
A droit à ce plaid bienvenu.

La magie de Noël a donc choisi
Un bonheur doux épanoui
Pour les deux joyeux acolytes
Qui installent leurs nouveaux rites.

Et ainsi sur cette fin
Se termine ce conte un peu bénin
Où enfant et chien
Comme souvent ne font plus qu'un.

19. L'envol du renne
Muriel Janin-Platel
Vétérinaire (71)

Dans la foule mouvante qui se presse devant les vitrines des grands magasins, Félicie tient bien fort la main de sa maman. Il y a vraiment beaucoup de monde. Elle trottine vaillament, perdue au milieu d'une forêt de jambes sombres, au-dessus de laquelle flotte une mer de doudounes et de manteaux d'hiver. Parfois, elle croise, au milieu de cette masse anonyme, le visage effaré d'un autre enfant, semblable au sien.

Serpentant avec sa mère de vitrine en vitrine, elle arrive à respirer quelques minutes quand on la hisse sur le promontoire de bois qui permet aux petits d'admirer le monde féerique créé pour eux derrière la vitre. Félicie ne sait alors plus où donner de la tête, entre les poupées bariolées qui dansent la farandole, les ours en peluche qui font de la pâtisserie et les paysages féeriques de neige et de glace qui annoncent la venue de Noël. C'est pour très bientôt : ce soir. Il y a encore une longue journée à attendre.

Dans le brouhaha et l'agitation, Félicie a un peu peur. Au milieu des familles qui se déversent dans le boulevard elle se rattache à quelques points qui semblent résister au courant : un gros monsieur déguisé en père Noël qui veut se faire prendre en photo avec tous les enfants qui passent près de lui, un marchand de marrons chauds — tellement bons, mais qui brûlent les doigts — et un îlot de ballons aux couleurs vives flottant au-dessus de la foule.

Heureusement, la vitrine suivante lui change les idées : elle met en scène une clairière enneigée, peuplée d'animaux de la forêt : des lapins mignons, des écureuils acrobates, des biches aux grands yeux tendres, des renards facétieux, de jolis oiseaux multicolores... Quelle merveille, ils semblent tellement réels !

Félicie sent son petit cœur se gonfler d'amour : elle aimerait tellement en ramener un à la maison ! Un animal rien qu'à elle. Elle pourrait le chouchouter, le câliner. L'aimer de tout son être. Et ils seraient les meilleurs amis du monde ! Mais Maman ne voudra jamais… elle répète sans cesse qu'il est impossible de caser un animal de compagnie dans leur petit appartement parisien !

Poussée par les enfants qui montent derrière elle sur la rampe, Félicie quitte à regret la vitrine merveilleuse. Maman lui prend la main et l'entraîne vers la suivante, un paysage lunaire avec des cosmonautes fluorescents. Tristement, la petite fille porte une dernière fois son regard sur la forêt quand soudain, comme bondissant hors de la vitre, il apparaît ! Sous ses cornes dorées, il regarde la fillette de son œil malicieux, son corps tendu en un saut vers elle. Un petit sourire discret au coin des lèvres, il regarde Félicie en oscillant doucement. C'est lui ! Lui, son ami pour la vie, lui, qui ne la quittera jamais, son compagnon fidèle qui sera le confident de ses chagrins d'enfant !

Félicie le sait, elle le sent. Sa petite main se resserre sur celle de maman, qui comprend tout de suite. N'a-t-elle pas été elle aussi, il y a bien longtemps, une petite fille ?

Elle s'agenouille auprès de l'enfant.

— C'est le renne que tu regardes ? Il te plaît ?

La petite hoche gravement la tête. Maman se lève et s'approche de l'animal qui n'a pas bougé et qui continue de regarder fixement Félicie de son œil magnifique. Un échange rapide avec le monsieur qui tient le renne au bout d'une longue ficelle. L'homme tend la cordelette à Maman et fait un clin d'œil à Félicie. Lui aussi sait que le renne lui était destiné.

Maman s'agenouille à nouveau auprès de sa petite fille : tiens ma puce, il est pour toi. Ne lâche surtout pas la corde ou bien il va s'envoler ! Félicie prend dans son petit poing le lien. Elle tire doucement et le renne la suit. Il ne pèse presque rien. Il danse doucement au bout de la ficelle en fixant toujours la petite fille en souriant, de son sourire figé et amical. Il la suit sagement, volant au-dessus d'elle comme un ange gardien dans la foule mouvante qui ne fait plus peur. Félicie n'est plus seule maintenant pour affronter le monde. La petite fille tient toujours bien serré le bout de la corde, Maman s'en assure régulièrement.

— Surtout, ne lâche pas, ma chérie !

Sur le chemin du retour, Félicie sautille dans la rue suivie par son renne, docile. La fillette voit bien que, dès qu'elle laisse un peu de mou à la corde, l'animal en profite pour s'éloigner d'elle et se diriger vers les nuages. Mais la petite ne lâche pas. Le renne est son ami, il la suit toute la journée. Le temps du repas, Papa attache la corde à la chaise et le renne attend sagement que Félicie ait fini. Ils repartent alors tous les deux jouer dans le parc.

Félicie court, bondit, et le renne danse à sa suite sur la pelouse. Quel bonheur d'avoir enfin rencontré l'ami de ses rêves : toujours souriant, prêt à jouer, et il regarde Félicie avec tant de complicité. Quelles merveilleuses vacances ils vont passer tous les deux !

Félicie déborde de bonheur ! Elle rit et chante et court et... desserre le poing. Elle sent la ficelle qui glisse entre ses doigts, essaie de la saisir... trop tard ! La corde file et le renne s'envole. Il monte doucement vers le ciel, son joyeux sourire toujours présent, en se balançant doucement au gré de la brise.

— Mon renne !

Le cri de détresse qui jaillit alors de l'enfant porte en lui tout le malheur du monde.

— Mon renne, mon Renne !

Puis sa voix s'étrangle dans sa gorge nouée. Elle ne peut plus parler. Elle ne peut que pleurer, envahie de désespoir. Secouée de sanglots que rien ne peut arrêter, elle pleure. Elle pleure son renne qui est parti, elle pleure son ami, son confident, elle pleure tous ces moments merveilleux qu'ils ne vivront pas ensemble... Un voile noir vient de tomber sur ce chemin radieux qui s'ouvrait devant elle. Ses petites épaules se soulèvent et retombent, secouées par le chagrin inconsolable. Maman, le cœur serré, assiste impuissante au drame et même Papa a les yeux humides.

Le renne, imperturbable, continue sa lente ascension. Il arrive à la hauteur du kiosque à musique, sa longue corde inutile oscille lentement derrière lui et… reste accrochée au faîte d'un sapin. Freiné dans son ascension, le renne continue d'onduler doucement en direction du ciel sombre, mais il est retenu par la branche, comme si l'arbre centenaire avait été ému par le chagrin de l'enfant.

Le gros sanglot s'arrête net. Le renne n'est pas parti. Il est toujours là, comme hésitant entre deux mondes. Félicie n'en croit pas ses yeux. Ses parents entourent alors la petite fille.

— Tu vois Félicie, c'est le soir du réveillon, il a peut-être envie de rejoindre le père Noël ? Comme il voit que tu as du chagrin, il fait une pause, le temps de te dire au revoir. Mais il ne redescendra pas, ma puce, et il est trop haut pour qu'on puisse aller le chercher, il faudrait la grande échelle des pompiers.

Il est tard maintenant. Il faut aller se coucher. Félicie doit dire au revoir au renne, qui se balance doucement dans la brise du soir. Il n'attend que le coup de vent salvateur qui le dégagera de la branche et lui rendra sa liberté, lui permettant enfin de voguer jusqu'aux étoiles.

Couchée dans son petit lit Félicie pense à son renne. Son gros chagrin en suspens. Il n'est plus là, mais il n'est pas encore parti. Qui sait, pris de remords, peut être reviendra-t-il vers sa petite amie ? Et Félicie s'endort en rêvant de retrouvailles avec son gai compagnon…

Le jour se lève, Félicie ouvre les yeux… Quelque chose d'important doit arriver aujourd'hui… C'est Noël ! Mais la petite fille n'a cure de la pile de cadeaux enrubannés qui l'attend devant la cheminée, elle n'a qu'une pensée : son renne ! Est-il parti rejoindre ceux du père Noël dans leur folle course à travers le monde ? Elle bondit hors de son lit, dévale les escaliers :

— Papa, Maman, il faut aller voir s'il est parti !

Cécile Beaussac
Vétérinaire (34)

Papa et maman sont désolés. Ils le savent bien, eux, avec leur raison d'adulte, que le ballon ne sera plus là. Ils s'habillent en hâte pour accompagner Félicie. Ils voient leur petite fille si pleine de ses certitudes d'enfant, attendant un miracle. Il va falloir gérer le drame… Ils ouvrent la porte, elle bondit et court sur le trottoir à perdre haleine dans le matin glacé. Il a gelé cette nuit et les grilles du parc sont blanches de givre.

Félicie franchit la porte, court vers le kiosque à musique et reste figée sur le gravier, muette, stupéfaite, les yeux fixés droit devant elle… sur le renne, immobile et souriant, trônant à quelques centimètres à peine de l'herbe gelée. Serait-ce l'Esprit de Noël ? Touché par la détresse de l'enfant et aidé du givre de la nuit qui s'est délicatement déposé sur l'animal en fuite. Son poids ainsi à peine augmenté a suffi à lutter contre l'envol et a aidé le ballon à tout doucement rejoindre le monde des hommes.

Le père Noël dans sa course effrénée pour gâter les enfants du monde entier n'a pas besoin d'un renne supplémentaire. En revanche, ce matin, dans un parc parisien désert, il y a une petite fille qui vient de recevoir le plus beau des cadeaux. Car, grâce au retour du renne volage qui, épris de liberté, a finalement choisi de retourner auprès d'elle, Félicie ne sera plus jamais seule.

20. Coco
Émeline Schiebel
Vétérinaire (85)

Il était une fois, Coco.

Coco était un cochon d'Inde qui vivait dans une maison toujours joyeuse, toujours gaie.

Il avait été adopté dans une animalerie pour l'anniversaire de la seconde fille de la famille Berger.

Au total, elles étaient trois. Trois filles. Comme les trois petits cochons ou les trois ours bruns dans l'histoire de Boucle d'or. Ne retrouve-t-on pas souvent le chiffre trois dans les contes ?

Bref, la seconde fille, Lisa, adorait les animaux. Comme ses sœurs, mais avec ce je ne sais quoi en plus qui faisait briller ses yeux d'enfant. Alors depuis toute petite, elle rêvait d'avoir sa petite boule de poils à elle.

C'est pour son anniversaire, à ses 14 ans, âge où ses parents l'avaient considérée comme assez responsable pour s'occuper d'un petit être toute seule, qu'elle avait reçu ce qu'elle dirait et répéterait comme étant le plus beau des cadeaux. Coco.

Elle l'avait choisi à l'animalerie quand il n'était encore qu'une petite boule de poils entièrement blanche. Comme la neige. Comme le fruit, surtout. Elle adorait la coco. Alors elle l'avait appelé comme ça.

Ses sœurs l'ont aimé aussi, tout de suite.

L'absence de congénère ne lui manquait aucunement. Son quotidien était rythmé par les jeux avec les trois filles. Lisa ne manquait jamais une occasion de le poser dans l'herbe verte et grasse du jardin, afin que Coco puisse gambader tout son soûl et se repaître de la douce verdure.

Jusqu'au jour où, deux ans plus tard, un 23 décembre au matin...

Coco perdit l'appétit.

— Pourquoi ? se demanda Lisa.

Elle ne comprenait pas la raison pour laquelle son petit glouton de cochon d'Inde refusait subitement de manger.

Quand un cochon d'Inde ne mange plus, c'est forcément grave, vous dirait un vétérinaire. Il faut alors agir vite. Malheureusement, aucune des trois sœurs ne le savait et elles attendirent le lendemain. Mais le soir, juste au début du réveillon de Noël, Coco, de fatigue, tomba sur le côté et ne bougea plus.

Ni une ni deux, la jeune « maman » demanda à ses parents puis appela elle-même le numéro des urgences vétérinaires.

— Tu appelles, mais alors tu gères avec tes sœurs, lui avait dit son père, d'un ton grincheux. Je ne vais pas aller jusque chez le véto pour le réveillon de Noël.

La docteure lui dit sans hésiter qu'il fallait venir consulter. Coco était probablement dans le coma. Lisa retint ses larmes en raccrochant le téléphone. Derrière elle, ses sœurs, tout aussi inquiètes, s'impatientèrent.

— Alooooors ? supplia la petite.

— Il faut aller chez le vétérinaire tout de suite.

— Je t'emmène.

La réponse de l'aînée, qui venait d'avoir son permis, avait fusé.

— Je viens avec vous ! compléta la petite.

Les trois sœurs partirent donc, Coco dans sa cage précautionneusement installé dans le coffre de la voiture.

La petite regardait les étoiles pendant le trajet, cherchant le traîneau du père Noël dans le ciel. Elle voulait surtout faire un vœu. Que Coco vive.

Elles arrivèrent en même temps que la vétérinaire sur le parking. Une jeune vétérinaire. On aurait presque pu penser qu'elle avait le même âge que l'aînée des sœurs. Mais quand même, ce n'était pas possible, avec toutes ces années d'étude ! Elle avait en fait 25 ans et avait tout juste terminé l'École.

C'est donc à quatre qu'elles sortirent la cage de la voiture. Elles la posèrent sur la table de consultation et la docteure ne traîna pas. Elle

Pauline Ambroise
Vétérinaire (55)

porta Coco, complètement inerte au milieu de son foin, hors de sa cage.

Lisa expliqua du mieux qu'elle put ce qu'elle savait, entre deux sanglots.

— Il a mangé hier matin pour la dernière fois, depuis il n'a plus touché à son foin ni à ses granulés !

Pendant ce temps-là, la docteure examina le petit animal. La vétérinaire, intérieurement, paniquait. « Je ne vais jamais y arriver ! » se disait-elle. « Il est déjà presque mort, ce cochon d'Inde ! »

C'était d'ailleurs la première fois qu'elle en soignait un. Ça tombait mal. Que faire ?

Elle dit aux trois filles qu'elle revenait tout de suite, puis courut jusque dans la petite bibliothèque de la clinique. Elle ouvrit les bouquins à la recherche des chapitres « cochon d'Inde » et « coma ». Elle ne les trouva pas.

Mais alors, il se passa dans la tête de la docteure deux choses qui ne se produisent que rarement chez les adultes, ou du moins auxquelles ils ne croient pas assez : l'intuition et la magie. Ce soir-là, par un miracle inouï, les deux se produisirent en même temps. Comme si une petite paillette d'intuition se faufilait dans le cerveau de la vétérinaire et qu'un petit claquement de doigts du père Noël lui permit de saisir l'idée. Les pensées de jeune femme se mirent en ordre : « Si Coco est dans le coma, c'est qu'il doit manquer de sucre ! Il n'a pas mangé depuis longtemps. Mais oui, bien sûr ! »

Ni une ni deux, la vétérinaire fonça dans la salle de consultation armée d'un glycomètre, appareil permettant de doser le taux de sucre dans le sang. Elle piqua dans le mini-coussinet de Coco (ça ne fait pas mal) et récupéra la goutte de sang qui perlait. Le petit boîtier indiqua presque immédiatement « low [2] ». Eurêka ! La docteure avait vu juste !

---

[2] *Low* : bas, en anglais.

Elle expliqua à peine ce qu'elle faisait quand elle injecta, devant les yeux ébahis des trois filles, du sérum physiologique enrichi en sucre sous la peau de Coco. Puis elle attendit.

— Et maintenant, on fait quoi ? demanda Lisa avec inquiétude.

— On attend et on croise les doigts.

Elles n'eurent pas à patienter longtemps. Ce fut d'abord le petit museau de la boule de poils toute blanche qui se remit à bouger. Puis, un soubresaut dans une patte, dans une autre et d'un coup, Coco ouvrit les yeux et se mit debout d'un seul mouvement brusque. Tout de suite, il alla manger un brin de foin perdu sur un coin de la table.

Un sourire se dessina, en même temps et d'une façon curieusement synchronisée sur le visage des quatre filles.

— COCO ! s'écria Lisa. Te revoilà !

C'était gagné. Ou presque !

La docteure savait que Coco ne s'était pas arrêté de manger pour rien. Cela risquait de se reproduire. Elle conseilla donc aux trois filles d'aller dans une clinique vétérinaire spécialisée pour chercher l'origine de la maladie.

Le papa des trois sœurs, toujours aussi bourru en ce soir de Noël raté, leur dit d'un ton énervé au téléphone qu'un vétérinaire, ça suffisait pour cette nuit.

Lisa, ses deux sœurs et Coco n'allèrent jamais consulter le spécialiste. Ils rentrèrent tous à la maison le soir même et Coco ne revit jamais de vétérinaire.

Et pourtant, Coco survécut et vécut encore longtemps. Ne serait-ce pas là la magie de Noël ?

C'est ainsi, avec un soupçon d'intuition et un brin de magie, que le vœu de la petite sœur de Lisa se réalisa. Coco était en vie et pour les trois filles et la vétérinaire, ce fut loin d'être un Noël raté.

On raconte que ce soir-là en rentrant, les trois sœurs aperçurent des rennes voler parmi les étoiles.

21. Les deux petits rennes

Stéphanie et Pierre Chenuaud
Vétérinaires (53)

Un soir de Noël,
Tout plein de flocons
Descendent du ciel
Tels de blancs moutons.

Deux tout petits rennes,
La sœur et le frère,
Cueillent du lichen
Avec leur grand-père.

Trois mets ils auront,
Entrée plat dessert,
Lors du réveillon.
— Oh ! Merci, Grand-Mère !

Quatre ils resteront,
Papa et maman
En traîneau iront
Dans le firmament.

Cinq mille cadeaux,
Quel bien lourd fardeau !
Voilà ce qu'il faut
Délivrer bientôt.

Six heures durant,
Les vaillants parents,
Clochettes au vent,
Comblent les enfants.

Sept fois demandèrent
Les tout petits rennes
À leur vieux grand-père :
— Mais quand ils reviennent ?

Huit cent quatre mètres :
L'altimètre est las
Et le jour va naître…
Rentrons ici-bas.

Neuf bisous tout doux
Aux fronts endormis.
Hop ! Hop ! Sont debout
En sautant du lit.

Dix guirlandes brillent,
Chaussettes garnies,
Leurs yeux qui scintillent :
L'attente est finie !

Stéphanie Chenuaud
Vétérinaire (53)

22. Du vague à l'âme pour Noël
Bouffanges
Vétérinaire (69)

— Réveille-toi, Noël ! Allez, réveille-toi !

Le père Noël a bien du mal à émerger de sa sieste. Le 23 décembre, il fait sa sieste traditionnelle, celle qui lui permet de prendre des forces avant la grande tournée. Il prend un gros petit déjeuner, puis il va s'installer pour une sieste qui dure toute la journée. Ses ronflements font trembler tout le Pôle Nord et tout le monde sait qu'*il ne faut pas réveiller le père Noël de sa sieste*. Les lutins le savent, les rennes le savent, les yétis, les ours polaires, les lapins arctiques le savent, et même, même la mère Noël le sait ! Et pourtant, voilà, *quelqu'un* tente de le réveiller de sa sieste. Le père Noël essaie de déciller ses yeux, mais c'est un effort insurmontable.

— Gnrf ! Laissez-moi tranquille !

Il a grommelé cela d'une voix si profonde, si caverneuse, qu'il faudrait être fou pour insister. Et pourtant…

— Allez, gros plein de soupe ! Debout ! Au boulot !

Gros plein de soupe ? Le père Noël enregistre l'insulte et se promet intérieurement qu'il y aura du pâté de lutin pour le dîner du soir. Et *Au boulot* ? Comment ça, *Au boulot* ? Les yeux du père Noël tentent une nouvelle percée entre les paupières, mais décidément, la lumière aveuglante de l'hiver polaire (ou, disons, de l'ampoule du salon) les dissuade instantanément.

— Mais bon sang, tu vas te lever, Noël !

À présent, l'importun secoue carrément le père Noël, en le saisissant par les épaules. Certes, pour faire bouger l'énorme masse ventrue et charnue, il faudrait une force d'Hercule, mais tout de même, cela commence à agacer le père Noël. Cette fois, il ouvre grand les yeux et affronte le problème. Dans un halo éblouissant, apparaît un visage merveilleux : de longs cheveux roux veinés de blanc rassemblés en un chignon négligé duquel s'échappent des mèches rebelles, des pommettes rebondies et rehaussées d'un appétissant rose bonbon, un petit nez en trompette qui…

— DEBOUT, NOËL !

Le père Noël, qui était en train de s'imaginer que la mère Noël voulait le réveiller pour pouvoir lui faire un aimable câlin avant son grand voyage, doit déchanter subitement.

— Tu vas finir par être en retard, Patapouf !

Patapouf ? Quand la mère Noël appelle son mari *Patapouf*, en général, c'est qu'il faut qu'il se secoue la couenne.

— Comment ça, en retard ? bougonne le père Noël.

— Tu as dormi trente-six heures, gros malin. On t'a laissé dormir tout ce qu'on pouvait, mais à présent, ÇA URGE !

Cette fois, le père Noël, dans toute la mesure possible de ses articulations arthrosiques, se lève d'un bond.

— Quelle heure est-il ? Quel *jour* est-il ?

— Nous sommes le 24, répond la mère Noël.

— Le 24 ?

— Décembre, précise la mère Noël.

Le père Noël dévisage sa femme et se demande si elle se fiche de lui. Évidemment, *décembre*.

— Quelle heure est…

— 17 heures.

— DIX-SEPT HEURES ? gémit le père Noël.

Cette fois, c'est le branle-bas de combat. Le père Noël, en un clin d'œil, n'est que vivacité, puissance et détermination. Il sonne la cloche, hurle des ordres en tout sens, tel un timonier à la barre d'un bateau pris dans une tempête.

— Leikki, rassemble les lutins, ordonne-leur de charger mon traîneau ! Vitsi, harnache les rennes, qu'ils se tiennent prêts au départ ! Kalastaa, amène-moi la Liste ! Jouluäiti[3], dépêche-toi de me faire un bisou !

---

[3] *Jouluäiti* : mère Noël, en finnois.

La mère Noël approche de son mari, un grand sourire illuminant son visage. Qu'elle semble heureuse et fière de son mari en ce jour si particulier ! Elle saisit la barbe hirsute de son mari entre ses mains et dépose un baiser au milieu de la broussaille, à peu près là où doit se trouver sa bouche.

— Allez, Joulupukki[4], au boulot ! File vite !

À présent, le père Noël traverse les cieux dans son traîneau rouge et or, la nuit est calme, silencieuse, seule la cloche de Rudolph rythme le voyage de son tintinnabulement insupportable. Première cheminée, le père Noël vérifie sa liste, un train électrique, une maquette d'avion, une râpe à fromage… *Une râpe à fromage ?* Quel enfant demande une râpe à fromage pour Noël ? Bon, enfin, ce qu'enfant veut… Le père Noël saisit les paquets correspondants dans sa hotte, descend de traîneau et se jette dans la cheminée.

Dans le salon l'attend un petit sapin, tout petit parce que la pièce n'est pas bien grande, mais il est presque entièrement enseveli sous les décorations. Il clignote d'une multitude de guirlandes électriques à rendre épileptique le chat de la maison qui tente de dormir sur le canapé. Le père Noël gratouille les oreilles du félin, qui lui offre en retour un ronronnement de satisfaction. Il pose les paquets, vérifie une dernière fois qu'il n'y a pas d'erreur sur sa liste, jette un œil autour de la cheminée, parce qu'il sait qu'il n'y a rien de plus triste pour un enfant que de constater que le père Noël a dédaigné l'orange ou la papillote laissée à son intention. Mais ici, point d'orange, point de papillote. Tant mieux, songe le père Noël, c'est toujours ça de moins dans la bedaine.

La tournée continue ainsi, de cheminée en cheminée. Parfois, il est obligé de se prêter aux contraintes du monde moderne, avec tous ces appartements sans cheminée, et de *traverser les murs*. Chut ! Ne le dis à personne, mais oui, le père Noël sait traverser les murs ; mais

---

[4] *Joulupukki* : père Noël, en finnois.

pour le folklore, évidemment, quand il y en a une, il passe par la cheminée, même si ce n'est ni très pratique ni très rapide.

Au fur et à mesure qu'avance la nuit (même si, à vrai dire, la nuit *n'avance* pas vraiment, parce que le père Noël tourne dans le sens inverse de la rotation de la Terre, ce qui fait qu'en réalité, il ne change pas d'heure, il commence sa tournée par les îles Samoa, puis remonte fuseau horaire par fuseau horaire, Japon, Russie, Inde, Égypte, France, Antilles, Chili, Alaska et pour finir, Hawaï. Enfin bref, tu verras ça en géographie à l'occasion)... Au fur et à mesure que n'avance pas vraiment la nuit, donc, mais qu'avance sa tournée, le père Noël éprouve comme une lassitude. Cela fait quelques années déjà qu'il éprouve ce sentiment. Certes, il emplit les foyers de bonheur, de magie, mais... Il y a tout de même cette sensation pénible de faire *toujours la même chose*. Il aimerait parfois changer de métier, se trouver un rôle pour Pâques, pour Halloween ou pour le carnaval... *Joulopukki, voyons !* se dit-il. *Reprends-toi ! Tu es très chanceux, tu as un métier qui fait rêver le monde entier, alors arrête de te plaindre !* C'est vrai, il a une chance extraordinaire... Il est entouré d'une femme adorable, compréhensive, délicieuse en plus d'être la plus belle au monde (soyons très honnête, le père Noël s'appliquant à ne jamais rencontrer personne durant ses tournées, il n'a jamais croisé d'autre femme que la sienne... Néanmoins, il est certain que sa femme est la plus belle au monde, et il a bien raison), de lutins facétieux parfois, mais toujours dévoués, débordant d'une énergie inextinguible, et d'un troupeau de rennes placides, dociles, toujours parés au décollage, ne rechignant jamais à traverser le globe de part en part (ils ne *traversent* pas vraiment le globe, évidemment, c'est une formule pour dire qu'ils tournent tout autour)... Néanmoins, c'est plus fort que lui, le vague à l'âme gagne du terrain. Et puis, il le sait bien, qu'après son passage, certains parents ajoutent des cadeaux au pied du sapin, comme si les siens ne suffisaient pas, ou n'étaient pas assez beaux. Quant aux enfants, ils oublient souvent d'être reconnaissants. Cette année, c'est particulièrement mordant : pas un seul n'a songé à lui mettre une petite orange, un verre de lait ou une papillote. Pas même un biscuit sec ou un chocolat. Pour la première fois de sa longue vie, il a *faim* pendant sa tournée. Tout à l'heure, il a même volé une croquette dans la gamelle d'un chien, histoire de reprendre quelques forces. Alors voilà, il a hâte de finir sa tournée et de retourner à la sieste. Une longue sieste de plusieurs semaines, pour ne plus penser à tout cela. Même les rennes semblent ressentir la fatigue du père Noël et volent avec un peu moins de magie.

Enfin, le traîneau du père Noël se pose sur la piste d'aneigissage près de sa maison. Il n'oublie pas de poser une montagne de petits paquets, un pour chaque lutin (il sourit en pensant que chaque année, ses lutins fabriquent chacun un cadeau pour un autre lutin, sans même le savoir), pose une montagne de carottes au pied du sapin dans l'enclos de ses rennes, puis rentre se réchauffer près du feu.

D'habitude, il trouve la mère Noël endormie près de l'âtre, enroulée dans une couverture douillette tandis que ses lutins dorment paisiblement du sommeil du juste dans leur immense dortoir. Mais ce soir-là, la mère Noël n'est pas endormie, elle attend son mari, bien assise sur le canapé. Elle a l'air excitée comme une puce.

— Alors, cette tournée ?

Le père Noël est bien embêté pour répondre, Jouluäiti a l'air tellement de bonne humeur, il ne veut pas l'embêter avec sa mélancolie.

— Bien, bien. Très bien.

— Oh, répond la mère Noël, brusquement contrariée. Toi, il y a quelque chose qui ne va pas.

— Si, si, tout va bien. Tout va bien.

C'est le genre de phrase qui, quand on la prononce deux fois, signifie exactement l'inverse de ce qu'elle prétend.

— Tu sembles tout tristounet, mon Noël !

— C'est juste… hésite le père Noël.

— Juste quoi ? Tu as encore cette impression de ne servir à rien ?

— Non, pas l'impression de ne servir à rien... Je sais bien que je sers à quelque chose...

— Alors, disons, que ta vie serait mieux si tu étais le Lapin de Pâques ou Monsieur Carnaval ?

— Je sais bien que c'est idiot, admet le père Noël. Mais, tu vois, cette année, pour la première fois, pas un seul enfant, pas un seul parent n'a songé à me mettre quoi que ce soit à picorer en chemin...

— Oh ! C'est ça qui te chiffonne. Il a faim, mon Joulopukki !

— Non, non, ce n'est pas cela.

D'ailleurs, le père Noël s'en rend compte : il n'a pas vraiment faim. Au contraire, même, il a une espèce de nœud dans l'estomac qui lui coupe l'appétit.

— Alors quoi, c'est juste parce que les gens n'ont pas pensé à toi ?

— Oui, murmure le père Noël.

— Mais c'est normal, ça, s'exclame la mère Noël.

— Ça, quoi ?

— C'est normal que personne ne t'ait mis à manger, la veille de la veille de Noël...

— La veille de la veille de... répète le père Noël.

— Eh oui, gros malin. On est le 23 décembre !

Il faut quelques minutes au père Noël pour que cette information parvienne à infuser dans son cerveau.

— Le 23 ?

— Décembre, complète la mère Noël.

Cette fois, pas de doute possible : elle se fiche de lui.

— Tu veux dire... que j'ai fait toute ma tournée, UN JOUR TROP TÔT ?

Le père Noël est sidéré par l'énormité de la situation. Mais face à lui, sa femme est radieuse, lumineuse. Derrière elle, sur la mezzanine, les visages de centaines de lutins apparaissent, agglutinés les uns par-dessus les autres. Tous semblent rire de l'air ahuri du père Noël, qui ne s'est même pas rendu compte, durant toute sa tournée, qu'il a quelque chose d'accroché au dos de son grand manteau...

Margot Ternoy
Vétérinaire (73)

137

Soudain, tonnant à l'unisson, lutins et mère Noël s'écrient :
— POISSON de NOËL !

23. La petite fabrique de miel
Laetitia Adam
Assistante vétérinaire (Belgique)

Il était une fois, une magnifique colline du nom de Fleurbon, où poussaient toutes sortes d'herbes, de plantes, d'arbres et une multitude de fleurs. Celles-ci étaient toutes plus belles les unes que les autres, si bien que, de loin, cette petite colline ressemblait à un énorme bouquet aux couleurs de l'arc-en-ciel tout fraîchement préparé. On ne savait pas comment c'était possible, mais on aurait dit cette colline entourée d'un dôme de protection insensible au climat qui lui permettait d'accueillir cette végétation si diversifiée.

À son sommet, une petite fabrique de miel du nom de "Made by Nomiel" s'était installée voilà maintenant des décennies. Tenue par la famille... devinez! ... Nomiel! Elle se transmettait de main en main, de génération en génération, de mère en fille, et produisait le meilleur miel de la région. Beaucoup de clients se déplaçaient jusqu'à la boutique, car on y vendait, en plus de miels bien crémeux, des créations de gourmandises exquises, fabriquées sur place. Pommes caramiellisées, cakes mielleux aux pépites de miel, bonbons au goût de miellisse, du chocolat miellissimement bon, la liste était longue... Il existait même des bâtonnets de différents miels ou de duos de miels, comme du miel de citronnier, d'oranger, de lavande, de pins et de plein d'autres saveurs, à tremper dans un lait chaud réconfortant. On pouvait bien le dire, la fabrique "Made by Nomiel" était vraiment magique. Et en période de fêtes, elle tournait à plein régime.

Dans le jardin de la boutique, sous un vieux marronnier, se trouvait "La Ruchesse". C'était une énorme ruche sauvage qui permettait que tout cela soit possible. Imaginez un immense château de plusieurs étages, aux milliers de fenêtres hexagonales parées de rideaux de perles dorées. C'était grâce à elle que la fabrique pouvait créer d'aussi bonnes choses à manger. Ses abeilles, de toutes tailles et de tous types, y vivaient en parfaite harmonie et loyauté, entre elles et avec la famille Nomiel. Elles s'entraidaient du mieux qu'elles pouvaient pour que la production des miels soit la plus prolifique possible. Par chance, elles avaient à portée d'ailes tout un assortiment de succulents nectars qui rendaient cette tâche plutôt aisée. Elles arrivaient à fabriquer des gelées plus que royales et des miels fabuleux. Et comme la période de Noël venait de commencer, elles devaient butiner trois fois plus pour assurer les commandes de tous les clients, qui venaient parfois de très loin pour avoir la possibilité d'offrir un cadeau original. C'est vrai que la boutique ne manquait pas d'idées quand il s'agissait d'innover dans les créations pour toutes les fêtes de l'année. La figurine phare de cette saison, un traîneau et son père Noël, réalisée avec plusieurs nuances de miels et des cacahuètes croquantes enrobées du nectar, un régal pour les yeux et la bouche.

Au milieu de cette ruche, une minuscule abeille du nom d'Apiscule, de la famille d'Apis mellifera carnica, s'affairait, dans les alvéoles, à la ventilation de la maisonnée pour éliminer l'excès d'humidité. Elle détestait faire cela. Elle aurait préféré virevolter à l'air libre, plonger dans les herbes aromatiques ou rebondir sur le cœur des marguerites. C'était bien plus amusant que de battre des ailes, enfermée dans cet étroit couloir. Tout à coup, surgit derrière son abdomen Grandebeille, l'ouvrière en chef, complètement hystérique.

— Apiscule, vous voilà enfin ! Il y a urgence, j'ai besoin que toute la ruche se réunisse sur la Place Bellalvéole. Dépêchez-vous, cria-t-elle.

L'abeille en chef avait bourdonné cela tellement vite que la petite ouvrière n'était pas sûre d'avoir tout compris.

— Bien reçu, Grandebeille, répondit-elle quand même en agitant ses antennes.

— C'est la fin du monde ! hurla Grandebeille en continuant sa course.

Apiscule se demandait ce qui avait bien pu mettre la cheffe ouvrière dans cet état de panique avancé. Elle s'envola donc jusqu'au sommet de la ruche, vers la place Bellalvéole, où les trois quarts de ses collègues patientaient déjà. La petite abeille n'avait pas fait attention de suite en arrivant, mais elles étaient toutes tournées dans le même sens, tête en l'air, regardant vers le trou en forme de fleur dans les branches du marronnier. Apiscule tourna la tête à son tour vers les hauteurs, s'aperçut que le ciel était tout blanc et que de petites étoiles bleutées tombaient en tourbillonnant. Elle se mit à grelotter. Brrrrr, il faisait soudain si froid, quelle drôle de sensation ! Un murmure commença à se faire entendre dans l'assemblée, puis celui-ci se transforma en un brouhaha assourdissant. Les ouvrières commençaient à prendre peur également. Personne sur la colline Fleurbon n'avait jamais assisté à ce phénomène. Comment allaient-elles faire pour continuer le butinage par ce froid ? Et comment allaient-elles traverser la peau de ce tapis blanc qui s'étalait sur les fleurs et prenait de plus en plus de hauteur ? C'était une catastrophe ! Les créations de Noël étaient compromises et, sans elles, beaucoup de familles n'auraient pas ce petit bout de bonheur au miel à leur table.

« AHOUAHOUAHOUA… »

Voilà qu'un long bâillement collectif se fit entendre et résonna dans tout le vieux marronnier. Aspicule vit les autres abeilles s'allonger chacune son tour et se mettre en boule les unes contre les autres. Puis, elle sentit dans son corps quelque chose de nouveau, une fatigue jusqu'alors inconnue. Ses ailes commencèrent à s'engourdir et à devenir lourdes à porter, alors elle s'allongea également, contre le dos de la plus proche de ses sœurs. Ce fut le calme total dans la maisonnée dorée. On n'entendait plus un bruit, plus un bourdonnement, plus un battement d'ailes, pas même l'effleurement de deux antennes qui essayaient de se débarrasser d'un pollen un peu trop collant. Toutes les abeilles étaient plongées dans un profond sommeil.

Au même moment à la fabrique, la famille Nomiel était, elle aussi, complètement catastrophée. Cette soudaine et inexplicable neige venait mettre en péril toute l'organisation des commandes de Noël. Amy, la plus jeune, regardait par la fenêtre de sa chambre tomber cette jolie poudre blanche qu'elle ne connaissait pas. Elle avait entendu sa maman expliquer que les abeilles n'allaient plus pouvoir butiner par ce froid. La petite fille commença à s'inquiéter pour les fabriqueuses de miel. Et si cette neige ne s'en allait plus jamais ? Et si cette neige finissait par les faire mourir les unes après les autres ? Amy ne voyait plus une seule petite abeille tournoyer dans les airs et sa peur s'intensifia. Elle se mit à réfléchir pour essayer de trouver comment aider ces minuscules dames. C'est alors qu'elle se leva et se dirigea vers la pièce centrale de la fabrique, où toute la famille était réunie pour débattre et réfléchir à une solution. La fillette s'approcha timidement de sa maman, et tira sur la manche de son pull.

— Maman ? Je crois que j'ai une idée, dit Amy tout doucement.

— Ce n'est pas le moment, ma chérie ! Nous avons un sérieux problème à résoudre entre grandes personnes, dit la maman en repoussant sa fille.

— Maman ! Je crois que j'ai une idée, insista la petite en parlant plus fort.

Mais déjà sa mère ne l'écoutait plus. Alors, Amy prit la décision de mener à bien cette drôle d'idée qui avait germé dans son esprit, et tant pis si elle avait des ennuis par la suite. Elle retourna à toute vitesse dans sa chambre et se dirigea vers le coffre à peluches placé le long du mur, sous la fenêtre. Elle se mit à genoux et commença à fouiller, retourner, puis sortir les animaux un à un jusqu'à trouver enfin ce qu'elle cherchait. La parfaite reproduction d'une mignonne petite abeille, cousue à la main par sa mamie. Mais contrairement à ses congénères vivantes, elle était toute blanche, comme la neige qui tombait encore à gros flocons. Elle était vêtue d'un mini pull blanc crocheté en mailles bien serrées, ses antennes étaient deux bouts de fils de fer terminés par un minuscule pompon de la même couleur et elle arborait une somptueuse paire d'ailes d'une jolie soie nacrée. Elle était si belle, cette petite abeille, qu'Amy hésita à mettre son plan à exécution. Mais la survie de toute la colline en dépendait, alors elle prit son courage à deux mains et entreprit de découdre sa peluche. Délicatement, fil après fil, elle défit le pull et les ailes, en espérant de tout son cœur que son idée fonctionne.

Quand Amy arriva, emmitouflée dans une grosse couverture, en dessous de "La Ruchesse", c'était toujours le silence total. Elle portait sous son bras un tabouret et dans sa main, la paire d'ailes et le petit tricot. Elle se hissa sur ce premier, juste sous la place Bellalvéole, et réussit à se soulever à la force de ses bras et à s'asseoir à califourchon sur une branche. La fillette observa cet agglutinement d'abeilles qui formait comme un paillasson. Il ressemblait à s'y m'éprendre à celui en forme de pot de miel posé devant la porte d'entrée de la fabrique. Amy finit par remarquer parmi cet amas, la plus petite, la plus minuscule d'entre toutes. La voilà ! Cette ouvrière était parfaite pour tester son plan. Elle tendit la main pour essayer de l'attraper mais la recula aussi vite. Celle-ci tremblait, de froid ou de nervosité, la petite fille ne savait le dire. Sûrement les deux en même temps. Elle rassembla son courage, se pencha en avant et passa ses deux mains sous Apiscule et la souleva doucement.

Quand tout à coup... Crac ! La branche sur laquelle était assise Amy se mit à craquer légèrement. La fillette effrayée vacilla et plaqua à toute vitesse ses mains, dans lesquelles se trouvait la petite abeille, contre son torse. La frayeur de tomber passée, elle espéra ne pas l'avoir écrasée, elle qui était si microscopique. Amy redescendit ses bras devant elle et déplia ses dix doigts... Apiscule était toujours endormie au creux de ses mains. Le moment était venu... La fillette commença à lui enfiler le petit tricot, puis elle écarta délicatement ses ailes et les habilla des ailes de soie. La taille était parfaite ! Elle se mit à souffler de l'air chaud sur la petite abeille. Pffffff. Pffffff. Celle-ci commença à remuer le bout de ses antennes. Pffffffff. Pffffffff. Puis, à bouger ses adorables pattes velues. Pffffffffffff. Un dernier souffle et Apiscule, maintenant réchauffée et réveillée, déplia ses ailes et s'envola vers le ciel. C'est alors qu'un deuxième craquement, plus sourd, se fit entendre et que la branche céda sous le poids de la petite fille... Haaaaaaaaa !

Apiscule se sentait revivre. Elle avait recouvré toutes ses forces et volait, virevoltait entre les flocons qui tombaient encore, malgré la chaleur qu'elle ressentait. Elle se demandait d'où pouvait bien provenir cette ardeur nouvelle, quand elle se rendit compte que ses ailes étaient différentes et que sa couleur avait également changé. Elle était entièrement blanche comme cette chose qui tombait du ciel et cette drôle de matière qui lui collait au corps, lui tenait bien chaud. D'ailleurs, comment cela était-il possible ? Elle réfléchissait aussi vite qu'elle se déplaçait quand elle aperçut Amy allongée au pied du marronnier. Oui ! L'abeille se souvenait. C'était cette fillette qui l'avait aidée à se réchauffer. Apiscule fonça droit sur elle.

Haaaaaa ! La longue chute d'Amy fut amortie par l'épaisseur de la neige. Tout étourdie et déboussolée, elle réussit tant bien que mal à se redresser et à s'asseoir. Elle vérifia qu'elle n'avait rien de cassé en bougeant ses bras et ses jambes. Ouf ! Tout avait l'air à sa place. Quand tout à coup, la petite abeille qu'elle avait sauvée se mit à lui tourner autour à toute vitesse et à lui bourdonner dans les oreilles.

— Bzzzzz merbziii petite bzille, bourdonna l'abeille.

— Avec plaisir, petite abeille, répondit Amy très étonnée.

La fillette, encore surprise par ce qui venait de se passer, se releva d'un bond et partit en courant vers la fabrique de miel...

Apiscule, toujours en l'air, regardait Amy s'en aller au loin, quand elle remarqua qu'au milieu de la neige écrasée par la chute de celle-ci, une petite fleur sortait sa tête pour éclore. Elle s'en approcha pour la regarder de plus près et là... Pouf ! Tous les pétales s'ouvrirent au même moment. De jolis pétales asymétriques presque transparents, qui entouraient un pistil en forme d'étoile aux reflets blancs givrés. « Cette fleur est splendide ! » s'émerveilla la petite abeille. Tant et si bien qu'elle se posa dessus et commença à sentir son arôme, puis décida de la goûter. Bzziiiiiiiiiiiiiiiiiiiittttttttttttttttttt ! La petite abeille recula... Tout étonnée par ce nouveau nectar qu'elle venait de découvrir et qui lui donna des frissons jusqu'au bout des antennes.

Axelle Guyot Castela
Fille de vétérinaire (33)

Un nectar tout blanc et tout acidulé qui redonnait un coup de fouet et plein d'énergie.

C'est à cet instant qu'Amy revint, toujours en courant, accompagnée par sa famille. Des hommes hissèrent d'abord la petite fille sur la place Bellalvéole, puis aidèrent sa maman à la rejoindre. Elles se mirent à envelopper de tricots et de soie les butineuses, abeille par abeille, et chacune son tour, elles se réveillèrent et prirent leur envol. Apiscule partit à toute vitesse à leur rencontre et leur expliqua la situation. De la neige, à la nouvelle fleur au nectar si piquant.

— Un nouveau nectar d'hiver ? questionna Grandebeille. Alors, ne tardons plus à en commencer la récolte, sinon les créations de Noël ne seront pas terminées.

— Bzzzzzzzzzz, fit la ruche à l'unisson pour donner son accord.

Pendant ce temps, Amy avait également remarqué cette nouvelle espèce de fleur qu'elle avait presque écrasée dans sa chute. Elle appela ses parents et tous entreprirent de balayer délicatement de leur pied les alentours, pour voir s'ils en trouvaient d'autres. Ce fut une exclamation de joie générale quand ils se rendirent compte qu'il y en avait des centaines qui avaient poussé sous la neige en quelques heures.

La colonie entière, volant dans les airs, faisait un vacarme à vous en boucher les oreilles. En voyant s'étaler des fleurs et des fleurs presque à perte de vue sur toute la colline Fleurbon, elles ne purent s'empêcher de foncer droit dessus, si rapidement qu'elles soulevèrent une couche de neige supplémentaire, ce qui libéra encore plus de fleurs. Les abeilles butinèrent jusqu'à avoir récupéré le nectar blanc de toutes les fleurs, n'en laissant pas une microgoutte. Et une fois le travail terminé, elles furent félicitées par la Reine Abeillaïde en personne. Quel honneur !

Cette drôle de journée avait épuisé toute la maisonnée et il était temps d'aller reprendre des forces. Chacune s'en alla donc vers l'étage Chambréolaire de "La Ruchesse", pour un repos bien mérité.

À la fabrique, la joie régnait. Amy et sa famille fêtaient cette réussite en se partageant un pot de miel de roses. Ils étaient tout excités et s'engageaient dans des débats au sujet de cette nouvelle fleur et du miel qu'elle pourrait donner. Ils avaient hâte de le goûter et de savoir s'il serait capable de contribuer à la confection des figurines de Noël. Amy écoutait les grands parier sur les futures productions de cette fleur blanche, quand sa maman vint s'installer près d'elle, au pied de la cheminée allumée.

— Tout va bien ma chérie ? la questionna-t-elle.

— Oui, Maman, je commence à me réchauffer. J'espère que les abeilles sont bien au chaud elles aussi, s'inquiéta la fillette.

— J'ai vérifié et elles sont toutes en train de se reposer, la rassura sa mère. Tu sais, Amy, personne ici sur la colline n'avait encore jamais vu cette fleur avant. Je pense que tu as découvert une nouvelle sorte. On dirait une fleur d'hiver, mais normalement, cela n'existe pas sur la colline Fleurbon. Et il va falloir lui donner un nom parce que je ne la trouve dans aucun livre, lui expliqua-t-elle.

— Un nom ? Mais comment choisir, se mit à réfléchir Amy.

— Que dirais-tu de "La Fleur d'Amy" ? proposa sa maman. C'est quand même toi qui l'as découverte, alors elle peut porter ton nom à toi.

Amy secoua la tête négativement et repartit dans ses réflexions. Elle voulait que le nom de cette fleur soit unique et qu'en même temps, il représente quelque chose de fort. Une idée germa à nouveau dans son esprit, mais avant de la proposer à sa maman, elle devait en parler avec sa nouvelle amie. Ce qu'elle fit dès le lendemain, au réveil.

Plusieurs jours passèrent et la neige avait maintenant disparu. La magnifique végétation de la colline commença à reverdir et les abeilles en étaient nerveuses de plaisir. Ce nectar blanc avait produit un miel tout aussi acidulé et piquant que sa source, mais la famille Nomiel avait eu l'air de l'apprécier. Ils en avaient fait des créations sublimes, de différentes nuances de blanc et d'argenté. Ils l'avaient également combiné avec le miel sucré, pour la fabrication des figurines, et le mélange donnait un goût des plus exquis. Toutes les nouvelles idées qui étaient apparues avec ce nouveau miel avaient rendu la petite fabrique encore plus célèbre. Maintenant, on venait même d'autres pays pour avoir la chance d'acheter un de leurs produits, et surtout pour pouvoir admirer dans leur vitrine, cette figurine géante et inédite d'un père Noël à la longue barbe d'un blanc pailleté de miel acidulé.

Noël était vite arrivé. Le matin même, de très bonne heure, Amy s'était assise sur le bord du comptoir et faisait la distribution de la dernière création de la fabrique, sortie tout droit de son imagination. Des petits bonbons durs en forme d'abeille, dont le corps tout doré était fait de miel sucré, et les ailes tout argentées façonnées avec le miel acidulé. Et sur l'abdomen, on y avait gravé un A majuscule, joliment calligraphié, qui représentait trois choses. Tout d'abord, le A d'abeille, la forme du bonbon. Ensuite, l'initiale des prénoms des deux amies, Amy et Apiscule. Et enfin, le plus important, ce A représentait également cette magnifique fleur d'hiver qui les avaient réunies, qui portait désormais comme nom l'union de leurs prénoms. "Pluie d'Aemys".

Apiscule, quant à elle, bourdonnait devant la porte d'entrée de la boutique, pour accueillir les enfants, tous plus qu'impatients de goûter cette incroyable sucrerie. Ils avaient entendu dire que manger un "Bonb'Abeille" pouvait exaucer un vœu. Ce qu'ils ne savaient pas, c'était que ce bonbon, en réalité, déposait tout simplement en eux une petite graine de courage et de confiance pour leur permettre de réaliser leurs rêves.

Et c'est ainsi que chaque année, début décembre, il neigeait une journée complète sur la colline Fleurbon. Tout y devenait blanc, du paysage aux abeilles. Et chaque année, la petite fabrique de miel rendait des centaines d'enfants et de familles heureux, et ce pour le reste des générations de "La Ruchesse" ainsi que pour le plus grand bonheur de la famille Nomiel.

24. L'heure du crime parfait
Antoine Symoens
Vétérinaire (Québec)

Dimanche 24 décembre, 15 h 45. Le jour est parfait, l'heure est parfaite.

Habituellement, à ce moment de la journée, la plupart des gens font une pause. Ils ont fini leurs courses de Noël depuis quelques jours déjà – ou depuis hier matin pour les fous désireux d'affronter le chaos d'un magasin ouvert le 23 décembre – et les préparatifs du réveillon sont en bonne voie. En théorie, à cette heure, la dinde est au four, les bouteilles au frais et les canapés en cours d'élaboration. Mais comme dans tout rythme effréné, il faut savoir faire une pause, et 15 h 45 reste l'heure parfaite. Pourquoi ? Tout simplement parce que c'est l'heure du goûter. Ça a l'air bête dit comme ça, pourtant c'est physiologique, tout le monde adore en prendre un et encore plus quand Noël approche à grands pas.

Dans le petit village, la rue est déserte, comme prévu. Léo marche doucement sous les décorations et les guirlandes, l'air de rien, puis se poste devant la fenêtre du manoir. Derrière la vitre, il aperçoit la maîtresse de maison qui s'active près de son four. Elle regarde sa montre, elle se dépêche, sort un plat trop chaud puis secoue ses mains en soufflant. À part elle, il n'y a personne dans la cuisine. Léo mastique puis crache au sol. Il repense à la semaine qu'il vient de passer dans cette rue à observer, noter et préparer minutieusement son coup.

15 h 47, son acolyte le rejoint. Dans le milieu, tout le monde l'appelle « Mister Gipsy ». C'est un habitué, un vieux de la vieille, un gaillard qui n'en est pas à sa première tentative comme en témoignent les marques sur son corps. Une longue cicatrice lui

balafre le visage de la paupière à la moustache, lui donnant un air de méchant à la James Bond. Si on ose regarder attentivement, on constate qu'un bout d'oreille lui fait aussi défaut. Une bêtise de jeunesse, la boulangerie Pattaga : le pâtissier savait lancer ses couteaux. Depuis, Mister Gipsy a appris de ses erreurs et il apprend aux autres à les faire à sa place. Il n'en reste pas moins que c'est le meilleur dans son domaine et pour ça, Léo est prêt à prendre le risque de l'accompagner.

— Alors gamin, j'espère que t'as les crocs aujourd'hui, annonce Mister Gipsy de sa voix rauque.

— Et pas qu'un peu, acquiesce fièrement Léo.

— Tu sais, y'a pas de retour en arrière après ça. Une fois que tu choisis cette vie, c'est à jamais. Tu seras un paria, un voyou des rues, un marginal, un être qu'on regardera de loin avec dédain. Tu comprends ça ?

— Quand est-ce qu'on commence ? répond encore Léo.

Mister Gipsy se met à rire et lui tape paternellement dans le dos. Cette fougue, cette insouciance, ça lui rappelle ses plus belles années et ses plus belles conneries. Il est suffisamment sage pour savoir que ça ne fait pas tout, mais pas question de briser ses rêves pour l'instant. Quand on vole, quand on goûte à ça, tôt ou tard on finit forcément par y revenir.

— Parfait gamin. Le plan est prêt ?

Léo répète tout ce qu'il a anticipé dans sa tête depuis quelques jours : la maîtresse de maison achève ses préparations, elle retire son tablier, l'accroche au porte-manteau, ouvre légèrement la fenêtre pour aérer et sort de la pièce. À partir de là, ils ont cinq minutes pour agir pendant qu'elle profite de sa pause.

— Surtout, t'oublies pas la première règle, ajoute Mister Gipsy, ne jamais être trop gourmand. Aujourd'hui, c'est un gros butin, du lourd, mais si t'essaies de tout prendre en une fois, on va se faire avoir. Petit morceau, grande victoire, compris ?

Léo cligne de l'œil en signe d'approbation.

Laurie Morel
Auxiliaire vétérinaire (69)

15 h 50. C'est l'heure. La vieille dame retire sa tunique, ouvre la fenêtre comme prévu et sort de la salle sans se retourner. À pas feutrés, Mister Gipsy et Léo traversent la rue. Ils grimpent sur le rebord et écartent le battant déjà déverrouillé pour se glisser ensuite dans la pièce incognito. L'odeur des plats, du vin chaud et des roulés à la cannelle embaume toute la cuisine et s'accompagne d'une bouffée de chaleur qui justifie amplement un peu d'aération. Un coup d'œil à droite, un coup d'œil à gauche, toujours personne. Léo pose un doigt sur le comptoir au milieu des casseroles. Il hésite. Sur la table devant lui, le trésor est en vue. Mister Gipsy le pousse dans le dos et les deux compères s'élancent, sautent sur les chaises pour ne pas toucher le sol et atteignent leur cible avec une souplesse digne d'un film d'action. Il ne leur a fallu que trente secondes sur les cinq minutes nécessaires pour rejoindre leur objectif de Noël.

Malheureusement pour eux, Solange a oublié d'éteindre le four. La porte de la cuisine s'ouvre en grand et la maîtresse de maison revient précipitamment dans la pièce. Cette dernière s'arrête d'un coup, stupéfaite face aux deux voleurs qui viennent tout juste de poser les sales pattes sur le butin. Une seconde de flottement traverse la salle et se mélange aux effluves sucrés puis, sans hésiter, Solange s'empare du rouleau à pâtisserie et hurle vers les malfrats. Mister Gipsy s'écarte par réflexe et évite le coup qui tombe sur la table. Le vieux bandit ne demande pas son reste et saute par la fenêtre pour disparaître dans la rue. De son côté, Léo persiste et parvient à garder un morceau du butin. La maîtresse crie et tente encore de l'arrêter, mais le jeune voleur esquive les frappes, rebondit sur une marmite au mur et, finalement, se faufile à son tour vers l'extérieur.

La vieille dame a beau jurer et maudire les chapardeurs, Léo et Mister Gipsy ne font pas demi-tour pour autant. Après une cavalcade qui les amène à la sortie du village, les deux compères s'arrêtent enfin, épuisés, mais victorieux. Léo conserve entre ses crocs une large part du butin qui suffit à leur bonheur.

Il est 16 h, l'heure du goûter, et en cette veille de Noël, il y a deux chats dans le quartier qui se régalent avec la fameuse tarte aux myrtilles de Solange.

25. Comment se débarrasser de son patron

Mido Nnorbu
Vétérinaire (63)

Mise en garde : ce texte s'adresse à des enfants avertis, disons de plus de douze ans, au pifomètre.

DÉCOUVERTE MACABRE.

Un lutin sort précipitamment de l'atelier de M. Santa... Il est encore sous le choc de sa découverte macabre : LE PÈRE NOËL EST MORT !!!!!

Mais il ne le dira à personne, sa vie est dédiée à sa tâche de Lutin en chef, et toute son énergie à maintenir le fonctionnement de cet atelier qui fournit chaque année depuis des lustres les jouets des enfants pour la nuit du 24 décembre.

Son cerveau tourne à cent à l'heure, il sue à grosses gouttes, ne sachant que faire.

La priorité : stocker le corps du gros homme, de préférence dans un endroit bien frais et à l'abri des regards, pour ensuite réfléchir à quelles décisions prendre.

Il aura besoin d'aide, parce que Santa pèse quand même son poids et que lui pauvre lutin gringalet, malgré sa position importante, ne pourra pas le déplacer par l'opération du Saint-Esprit ! Quand bien même il envisage d'emballer le corps, l'aide qu'il va devoir réclamer risque de se poser des questions sur cet encombrant colis.

Frido (c'est son nom, et ce sera plus commode pour la suite de l'histoire) retourne dans le bureau en retenant son souffle, pour aller ouvrir en grand les fenêtres de l'atelier désert. Il évite soigneusement de regarder le corps rebondi du patron allongé sur le dos sur l'épais tapis aux couleurs passées, et marche sur la pointe des pieds sur le parquet bien ciré, en évitant de se blesser sur les débris de pichet répandus à côté du corps dans une flaque qu'il soupçonne être de l'alcool (ça sent fort la prune, et il sait que c'est... c'était... le péché mignon du gros homme). Il se fait la remarque qu'il pourrait bien faire sonner le clairon, le mort ne se réveillerait pas.

Une fois que l'air frais, voire frisquet, de l'extérieur s'engouffre dans la pièce, il se remet à respirer normalement. Il ferme les yeux et essaie de prendre la mesure de la catastrophe. Le désarroi le submerge, il a l'impression d'avoir reçu un grand coup sur la tête, une douche glacée, d'avoir été heurté par un véhicule lancé à pleine vitesse... Bref, il n'y a pas de description assez forte pour traduire le sentiment qui s'est emparé de lui.

Toc-toc ! Deux petits coups résonnent à la porte qu'il a verrouillée après être entré, inconsciemment. Il se félicite d'avoir eu ce réflexe.

— Qui est-ce ?

— C'est moi !

— Qui ça moi ?

— Ben, moi ! Rollo ! Tu ne me reconnais donc plus ?

Frido ferme les yeux, serre les poings et les dents pour se calmer et contenir sa voix.

Il est d'abord soulagé que ce soit Rollo, son ami et collaborateur le plus proche, qui se présente à l'atelier. Celui-ci s'est probablement inquiété de son absence prolongée. Mais immédiatement, la panique le rattrape : ce n'est vraiment pas le moment, il doit rassembler ses esprits et ne commettre aucune erreur !

— Que veux-tu, Rollo ?

— Est-ce que tout va bien ? Tu disais n'en avoir que pour quelques minutes, alors je me suis inquiété. On va bientôt dîner (la nourriture tient une place importante dans la vie des lutins, certains plus que d'autres)... Est-ce que M. Santa va bien ? Tu ne l'as pas trouvé ? Pourquoi gardes-tu cette porte fermée ? Ouvre-moi, voyons !

Frido ferme les yeux à nouveau et soupire doucement entre ses dents pour essayer de calmer les battements de son cœur qui cogne comme s'il voulait sortir de sa poitrine.

— Rollo... il faut que tu me jures que si je te laisse entrer, rien de ce que tu verras ne sortira de cette pièce...

— Frido ! Tu m'inquiètes là !

— JURE !

— OK je jure...

— JURE sur ce que tu as de plus précieux !

— OK ! OK ! Euh... Je jure sur quoi en fait ? Je ne possède rien qui soit précieux...

— Qu'est-ce qui a le plus d'importance à tes yeux, ce pour quoi tu pourrais faire des choses insensées, voire dangereuses, alors ?

— C'est dangereux ton truc ? Tu sais bien que je ne suis pas très courageux moi !

— JURE ! Sinon passe ton chemin !

— Bon, OK, je jure sur le père Noël alors. Mais tu n'as pas intérêt à m'entraîner dans un plan foireux, hein ? Je veux pouvoir dormir tranquille, moi !

Frido soupire à nouveau. Il n'est pas rassuré, mais de toute façon, Rollo est le seul en qui il ait une entière confiance et il sait qu'il est dévoué à l'atelier et à son dirigeant.

Il fait doucement tourner la grosse clef dans la serrure ouvragée, en priant le ciel de le guider dans les prochains instants. Pourvu qu'il prenne les bonnes décisions et qu'aucune conséquence désastreuse n'en découle...

Mais ça, nous le verrons dans la suite de l'histoire.

UN DEUXIÈME LUTIN ENTRE DANS LA DANSE.

Frido tourne la grosse clef dans la serrure, le claquement le fait sursauter. Il entrouvre la lourde porte et passe son nez dans l'entrebâillement pour vérifier que Rollo est bien seul comme il le prétend.

Celui-ci piétine en face de lui dans le couloir, s'impatientant :

— C'est pas trop tôt ! Qu'est-ce que tu fais enfermé là-dedans, il est là, le Vieux ?

— Chuuut ! Baisse d'un ton, et qu'est-ce que c'est que cette façon d'appeler M. Santa ?

— Oh, c'est bon ! S'il était là, tu aurais déjà été mis hors de l'atelier, connaissant sa patience légendaire ! répond Rollo en levant les yeux au ciel.

Et il pousse la porte d'autorité pour entrer, envoyant Frido contre le mur. Il faut dire que Rollo est un peu plus costaud que son ami, et ce n'est pas plus mal, vu la tâche qui les attend...

Rollo se fige en apercevant le gros homme à la barbe blanche couché à plat dos sur le tapis :

— Il dort ?

— Non, pas vraiment...

— Il médite, alors ?

— Non, pire que ça !

— Qu'est-ce qui est pire que la méditation ? Surtout quand on a faim ?

— Réfléchis deux secondes, Rollo, s'il te plaît...

— Il est... Il est mort ??? Non !!!! Pas possible... Il n'est pas si vieux que ça ! Tu savais qu'il était malade ?

Rollo pousse le pied de Santa avec précaution, de peur que le gros homme ne se réveille et ne le houspille. Mais rien ne se passe. Il fait un bond en arrière en couinant.

— Arrête ton cinéma ! Il est mort, il ne bougera plus ! Et si, il est très vieux en fait, il l'était déjà quand nous sommes arrivés dans son atelier. D'ailleurs, qui parmi nous l'a connu jeune, ou en tout cas moins vieux ? Je crois qu'il est tombé sur la tête... et voilà le résultat ahhhhhhhh !

— Mais ! Qu'est-ce que tu vas faire ?

— Comment ça, qu'est-ce que je vais faire ? On est deux dans cette pièce, enfin deux plus le mort, non ?

— Euh, je ne suis pas responsable moi !

— Moi non plus, figure-toi ! Par contre, tu es là avec moi, alors on est deux sur ce coup, et il va falloir gérer cette situation !

Rollo se laisse tomber lourdement sur un tabouret, placé miraculeusement à proximité, réalisant enfin l'ampleur de la catastrophe : LE PÈRE NOËL EST MORT !!!

Il sue à grosses gouttes, alors que la fenêtre ouverte laisse entrer l'air frisquet de ce début de mois de septembre (n'oublions pas que l'atelier du père Noël se situe en Scandinavie, où il règne des températures plutôt fraîches en été, et carrément glaciales en hiver...)

— Frido, qu'est-ce qu'on va devenir ? Et lui (montrant le gros homme couché comme une bûche sur le tapis aux couleurs passées), qu'est-ce qu'on va en faire ? Que vont dire les autres lutins ?

— Pas question que ça s'ébruite ! Tu veux qu'on se retrouve au chômage et à la porte de ce sanctuaire ? Hors de question ! J'ai dédié ma vie à cet atelier, on va trouver une solution pour le faire marcher, même sans Santa à sa tête. Après tout, ces dernières années, on pouvait surtout compter sur lui pour goûter la production d'alcool de prunes de la saison... C'est d'ailleurs ce qui a dû occasionner sa chute, précise Frido en montrant les débris de la cruche sur le plancher (on sent le lutin malin, un peu Hercule Poirot à ses heures perdues).

Les deux lutins, le maigre et le rondouillard, doivent impérativement et rapidement trouver une solution pour stocker l'encombrant défunt avant que d'autres protagonistes ne se greffent à leur équipe et que la situation échappe à tout contrôle. C'est la priorité. Ensuite il faudra masquer l'absence du chef et faire tourner l'entreprise comme si de rien n'était. Et malgré l'assurance affichée de Frido, ce n'est pas gagné...

UN VIEUX TAPIS PERSAN. COMMENT ATTELER DES RENNES PARESSEUX.

— Il nous faut de la corde solide pour enrouler Santa dans le tapis, comme ça on pourra le déplacer discrètement !

— Frido, tu ne penses pas que ça va étonner les autres, si on sort de l'atelier avec un tapis sur nos épaules ?

— Il est usé, on n'a qu'à dire qu'il faut le nettoyer, et le tour est joué !

— Euh, je ne veux pas te contredire, mais je nous vois mal le transporter toi et moi... Tu n'es pas très costaud quand même...

— Comment faire, alors ?

— Et si une fois bien saucissonné dans le tapis, on le faisait passer par la fenêtre, après avoir fait stationner le traîneau dessous ?

— Faisons ça, et ensuite je l'emmène chez Rolf, le vétérinaire qui soigne les rennes : on peut toujours compter sur lui pour les idées tordues !

Le cerveau de Frido est en surchauffe : Rollo a peut-être trouvé l'idée géniale pour à la fois éviter de traverser la maison et croiser quelqu'un, mais en plus lui épargner des efforts physiques dont il se sait incapable. Le gros homme est quand même nettement plus lourd que lui...

Les deux compères fouillent l'atelier à la recherche de corde, mais la cordelette qui leur sert habituellement à fermer les paquets ne suffira pas pour leur projet.

— Rollo, tu restes ici pour surveiller, je vais aller à l'écurie chercher l'attelage et la corde dont nous avons besoin. Fais en sorte de rester silencieux et verrouille la porte derrière moi.

Frido sort à pas de loup après avoir vérifié que le couloir est désert. Il s'éloigne rapidement et tente de se déplacer comme si de rien n'était. Il salue les lutins qu'il croise sur son chemin sans s'attarder à bavarder, ce qui ne choque personne puisqu'il a toujours l'air occupé et en retard. L'heure du repas du soir approche. Les lutins étant très gourmands, cela va bien les occuper, du moins jusqu'à ce que l'un d'entre eux remarque l'absence du plus gourmand d'entre tous : le père Noël.

Il faut se dépêcher d'amener le traîneau au bon endroit, en priant pour que personne ne soit à l'écurie et que les rennes soient de bonne humeur et coopératifs (ceux-ci sont très gâtés par leur maître et ont donc tendance à n'en faire qu'à leur tête, quand ce n'est pas lui qui les guide).

Pour gagner un peu de temps, et parce que je vous sens impatients de connaître la suite, je vous fais un résumé des instants suivants :

Il a fallu tout le pouvoir de persuasion de Frido pour atteler les rennes (il a eu la bonne idée de remplir ses poches de petites pommes fripées en passant par le garde-manger, il sait que ces bestioles têtues, qui n'obéissent qu'à leur maître, en sont friandes). Cependant, la cloche du dîner a sonné depuis un bon moment quand il arrive enfin sous les fenêtres de l'atelier. Rollo passe la tête et pousse un « ahhhh ! » de soulagement. Il commence à avoir sérieusement faim ! Maintenant qu'il a détecté la présence d'un cadavre à proximité, son estomac grogne pour réclamer une nourriture consistante...

Frido bloque les freins du traîneau, redonne à chaque renne une pomme à mâchouiller, et remonte rapidement dans l'atelier avec un rouleau de corde, pour aider son robuste ami à faire franchir le seuil de fenêtre au corps saucissonné dans le tapis. Ce dernier tombe lourdement sur les coussins épais que Frido a eu la bonne idée d'entasser dans le véhicule. Le bruit sourd et l'impact font sursauter les rennes, mais ils ne s'affolent pas, ils ont l'habitude des excentricités de leur maître.

Les deux lutins rangent et nettoient sommairement l'atelier. Frido rédige une note rapide sur un parchemin vierge, au cas où un lutin plus curieux (ou plus malin) aurait l'idée de venir fouiner avant qu'il ait mis à exécution la première partie du plan : se débarrasser du corps de l'encombrant bonhomme. Ou devrais-je écrire : de l'encombrant corps du bonhomme...

« Suis parti en urgence chez le vétérinaire pour cause de colique de renne.

Signé : Santa »

Ils rejoignent le traîneau sans croiser personne. Puisqu'on vous dit que quand il s'agit de nourriture, c'est une religion dans cet établissement !

DIRECTION LE VÉTÉRINAIRE. DISPARITION OFFICIELLE DU PÈRE NOËL.

Frido s'essuie le front, il a beaucoup transpiré, il n'a pas l'habitude d'autant d'exercice physique. Il est plutôt affecté à des tâches intellectuelles et se sent épuisé. Rollo, quant à lui, commence à vraiment crev... euh… avoir très faim. Il piétine sur place, ne sachant comment se défiler un moment pour aller reprendre des forces dans la salle à manger. Il salive plus qu'il ne transpire, plus habitué aux travaux de force que son ami, et son estomac le trahit en grondant férocement.

— Va manger, si nous sommes deux à manquer à l'appel, cela va paraître étrange. Déjà que M. Santa est absent...

— Ça ne te dérange pas ? J'ai toujours faim, et quand quelque chose de grave arrive, ça me donne encore plus faim. Tu es sûr de ne pas avoir besoin de moi ?

— Oui, oui, vas-y. Je file chez Rolf. Comme c'est lui qui approvisionne.. euh.. approvisionnait M. Santa en alcool de prunes, il est quand même un peu responsable de ce qui est arrivé !

Et voilà qu'une fois de plus un pauvre vétérinaire est impliqué dans une histoire foireuse, sous prétexte qu'il est un bon vivant et partage le goût pour certaines substances (totalement licites par ailleurs) avec un gros homme trop gourmand !

Frido saute sur le traîneau, et siffle brièvement pour inciter les rennes à démarrer… Mais rien ne se passe ! L'un des herbivores tourne la tête vers lui, avant de replonger le nez dans la jardinière d'herbes aromatiques qui se trouve contre le mur, sous la fenêtre par laquelle l'encombrant colis est passé quelques minutes plus tôt.

— Démarre, satanée bestiole ! Ou je te fais rôtir avec le thym que tu broutes !

L'invective fonctionne, le véhicule glisse sur l'herbe humide. Par chance, son déplacement est possible avec ou sans neige/glace, ouf ! Et voilà l'attelage parti en direction de l'antre du fameux Rolf (son

François Decante
Vétérinaire (44)

nom a été modifié pour garder son anonymat et le reste de sa réputation intacts).

Pendant ce temps, Rollo se glisse le plus discrètement possible à une des longues tables en bois qui accueillent tous les lutins pour leurs réunions et leurs repas, dans la salle commune située opportunément de l'autre côté du bâtiment. Son voisin de tablée s'étonne de son arrivée tardive, lui qui habituellement est l'un des premiers convives à chaque repas.

— J'ai dû aider Frido et le père Noël à équiper le traîneau pour aller en visite.

— Pour quelle raison et où ? demande son voisin (que nous ne nommerons pas, inutile de vous noyer sous les patronymes de tous les lutins, ils sont trop nombreux, chers lecteurs, vous pourriez vous y perdre).

— Oh, je ne sais pas trop… Un renne malade peut-être, ou une course lointaine et urgente, je ne sais plus… répond Rollo en engouffrant une grosse part de chou farci et en mâchant bruyamment pour décourager toute nouvelle question

Son stratagème fonctionne, son voisin de table est vite happé par une autre conversation, sans s'inquiéter outre mesure de ce départ précipité. Le père Noël est réputé pour sa bougeotte, du moment que chaque lutin sait quelle est sa tâche, cela lui suffit.

Rollo se remplit donc consciencieusement l'estomac, ce qui l'aide à retrouver ses esprits après la fin de journée qu'il vient de vivre. Il est reconnaissant à Frido pour son sang-froid, persuadé que son ami, bien plus ingénieux et malin que lui, trouvera une solution qui leur permettra de continuer leur vie le plus normalement possible...

ROLF A UNE IDÉE. UNE ABSENCE PROLONGÉE POUR RAISON DE SANTÉ.

Frido est un peu inquiet, il se fait tard (bien que géographiquement on soit très au nord, le soleil finit quand même par se coucher assez tôt en cette fin septembre), les lutins dînent vers

18 h et son estomac lui rappelle bruyamment qu'il a oublié de le remplir à l'heure habituelle. Il croque dans une pomme qui a réchappé de la distribution aux rennes pour les décider à bouger à un moment très inhabituel pour eux.

Et ces satanées bestioles sont très ritualisées et habituées à un emploi du temps très allégé en cette période de l'année (d'ailleurs, ils ne font pas grand-chose entre le 25 décembre et le 23 décembre suivant, hormis engraisser... mais ce n'est pas le sujet).

Il s'inquiète plus de l'état de vigilance dans lequel il va retrouver Rolf que de son estomac creux. En effet, le vétérinaire attitré des rennes est lui aussi plutôt en mode vacances une bonne partie de l'année, réservant l'essentiel de ses talents (réels ou supposés) à l'écurie de M. Santa, ainsi qu'à la culture des prunes qui ont fourni l'alcool que Frido tient pour responsable de l'accident qui s'est produit dans son atelier chéri.

Quand il arrive devant la petite maison de Rolf, il trouve celui-ci affalé dans un grand et robuste fauteuil à bascule installé sous un modeste porche, une mince couverture sur les jambes, une pipe odorante fichée au coin des lèvres, une tasse fumante posée à portée de main sur un guéridon.

— Salut Frido ! Qu'est-ce qui t'amène avec l'attelage de Santa à cette heure incongrue ? Ce n'est pas l'heure de la soupe chez vous autres ? demande le grand gaillard barbu, les cheveux en bataille comme s'il venait d'émerger d'une sieste (c'est sûrement le cas).

— Si, mais j'ai dû gérer une... mhhh... une sorte d'urgence...

— Un des rennes est malade ? Ils ont pourtant l'air d'aller bien ! Que transportes-tu ?

Il a l'œil, le bougre, rien ne lui échappe... surtout pas le tas volumineux emballé dans le vieux tapis qui occupe la quasi-totalité du traîneau.

— Justement, c'est pour ça que je viens vous voir. J'ai besoin de votre aide et, comme je sais que vous êtes un bon camarade... euh ami... de M. Santa, je me suis dit...

Frido se tait, embarrassé. Il lui semblait évident avant de partir que c'était la chose à faire : venir trouver de l'aide ici. Mais une fois arrivé, il n'en est plus si sûr... Le gros homme en face de lui, sourcil froncé sur un œil un peu vitreux, sa pipe lui creusant un rictus qui l'enlaidit et lui donne un air féroce, ne lui inspire plus la confiance qu'il a ressentie en suant pour charger le « colis » sur le véhicule avec Rollo.

Il pousse un soupir, pose ses mains, fourbues par la conduite des animaux vigoureux, sur ses genoux tachés de terre, baisse la tête et ferme les yeux. Il est épuisé, perdu, démoralisé. Le poids du monde vient de s'abattre sur ses frêles épaules.

Rolf, bien que son allure ne le laisse pas supposer, est intelligent (on ne devient pas vétérinaire en ouvrant un paquet de lessive, il faut produire un peu plus d'efforts quand même) et il a bien ressenti la détresse de la fluette créature qui vient le trouver pour résoudre un problème. Et ce problème est suffisamment grave pour que le père Noël ne l'ait pas déjà réglé... Il ne sait pas encore…

— Mon petit Frido, tu peux tout me dire, je suis soumis au secret médical, et puis rien ne peut me choquer. Quoi que ce soit, je ferai mon possible pour t'aider, puisque tu as cru bon de venir me voir, moi !

Frido respire un grand coup, s'ébroue comme un athlète qui s'apprête à se placer sur des starting-blocks... et lâche sa bombe : il lui raconte sa macabre découverte, les décisions qu'il a prises, l'aide de Rollo pour cacher le tout aux autres lutins pour éviter de déclencher une énorme panique, alors même que l'intensité du travail à l'atelier doit atteindre son maximum dans les jours prochains pour faire face aux échéances de fin d'année.

Rolf en lâche sa pipe qui se brise au sol à ses pieds. Il marche dessus en se levant péniblement et manque se casser la figure, mais se rattrape à la petite rambarde qui tient le porche de sa modeste maison, laquelle lui sert aussi de cabinet vétérinaire. Il a les yeux et la bouche ouverts et Frido redoute qu'il fasse une attaque cérébrale suite à ses révélations. Mais le praticien en a vu d'autres et en quelques secondes il semble se remettre.

Lui aussi a toujours connu le père Noël très vieux, mais robuste et plein de vie. Les années ont passé depuis que, jeune vétérinaire, il a été embauché par l'atelier pour suivre la santé des rennes et il ne s'est jamais étonné de l'étonnante longévité de leur propriétaire.

En professionnel aguerri, il commence par vérifier que le mort... est bien mort, c'est la base. Effectivement, le gros homme roulé dans son vieux tapis est aussi mort qu'il est possible de l'être, et déjà raide comme une bûche.

Je ne perdrai pas de temps à vous raconter dans le détail les recherches (longues, mais fructueuses) pour rassembler (les idées et) le matériel nécessaire à l'élaboration du plan que Rolf propose à Frido :

— Fournir une explication plausible à une absence prolongée du père Noël, probablement au-delà de la période d'expédition des cadeaux aux enfants (le « probablement » étant le terme employé dans la fausse lettre de M. Santa aux lutins) et on verrait ensuite comment faire évoluer l'histoire et quelle solution on trouverait pour garantir la pérennité de l'atelier mondialement réputé.

— Faire disparaître le corps, sachant que le sol est déjà trop dur pour espérer creuser un trou gigantesque pour l'enterrer... Rolf a une petite idée, mais il ne sait pas si c'est un choix judicieux. L'endroit auquel il pense a mauvaise réputation. Il devra se renseigner ; un détail lui échappe, une information floue très certainement recueillie pendant une soirée passée à jouer aux cartes et siroter de l'alcool de prune (vous savez, le fameux alcool...) avec des marchands ambulants.

Les deux compères ont fait une pause après avoir libéré les rennes du traîneau et les avoir entravés (ce n'est pas le moment qu'ils aillent se balader, ils risquent d'être encore essentiels pour la suite du plan), abreuvés et nourris généreusement en foin odorant. L'homme et le lutin quant à eux, ont mangé de la soupe avec des saucisses et bu une bière légère qui aide à les détendre un peu, surtout Frido qui n'a pas l'habitude d'en consommer.

Le traîneau a été mis à l'abri des regards, derrière la maisonnette. Ils ont planifié la suite avant d'essayer de dormir quelques heures.

La lettre aux lutins est en sécurité dans une belle enveloppe, que Frido ramènera avec lui une fois que tout le travail de dissimulation sera terminé. Rolf a assuré connaître la cachette idéale à Frido, qui a hâte que le jour se lève pour en finir...

LA CACHETTE IDÉALE POUR UN CADAVRE ENCOMBRANT.

Le lendemain à l'aube, fourbu par ses efforts physiques inédits de la veille, Frido avale rapidement une tartine beurrée et un café fort en compagnie de son complice bienveillant, avant d'aller récupérer les rennes pour les atteler à nouveau. Le tapis farci n'a pas bougé du véhicule, bien que Frido ait espéré que par magie tous ses problèmes auraient disparu pendant la courte nuit.

Il grimpe à côté de Rolf qui a pris les choses en main, ce qui le soulage au moins pour un moment. Il a tellement l'habitude d'exécuter les décisions prises par sa hiérarchie (comprendre le seul et unique père Noël), que s'être trouvé dans la situation de gérer cette crise l'a vidé de toute énergie.

Le trajet dans les bois de sapins, sur le chemin herbeux humide de rosée, se fait en silence. Les animaux nocturnes sont allés se mettre à l'abri, les diurnes commencent tout juste à se réveiller. Le calme ambiant contribue à apaiser l'esprit tourmenté du gentil lutin, accablé par la perte de son maître.

Rolf dirige l'attelage d'une main ferme, au plus profond de la forêt nordique, vers un massif granitique peu fréquenté. Il s'agit d'une zone dont la réputation décourage les voyageurs de s'approcher lorsqu'ils passent près d'elle. En effet, on dit qu'on y trouve d'anciennes failles très profondes datant d'un ancien glacier, et de nombreuses disparitions inexpliquées lui sont imputées. Mais Frido n'en sait pas plus. Il fait confiance à son chauffeur, qui semble savoir ce qu'il fait.

Alors qu'ils montent doucement depuis un moment, Rolf arrête l'attelage et se tourne vers le lutin :

— Mon petit ami, tu vas m'attendre là, il vaut mieux que je continue seul pour faire ce que j'ai à faire !

— Mais…

— Tu ne crains rien ici, les animaux les plus dangereux dorment pour le moment et je ne serai pas long : une demi-journée tout au plus pour faire l'aller et retour. Si je ne suis pas revenu à la tombée de la nuit, tu trouveras une clairière avec une cabane pour t'abriter en suivant ce petit sentier.

Il pousse gentiment, mais fermement Frido hors du siège, lui remet un panier avec de quoi se sustenter et une couverture pour le protéger du froid, un peu plus piquant maintenant qu'ils ont gagné en altitude.

Rolf redémarre sans un regard en arrière, concentré sur le but de son voyage.

Frido, désemparé, s'assoit lourdement sur un rocher au bord du chemin. Il a repéré le sentier. Un peu inquiet, il scrute les bois alentour et tend l'oreille, prêt à détaler si jamais un danger approche.

À ce stade de cette histoire, on gagnera encore du temps : Rolf s'est débarrassé du cadavre et de son emballage dans une de ces fameuses failles, si profondes que jamais rien n'en est ressorti. (En tout cas à de rares exceptions près, ses souvenirs sur le sujet restent flous et il ne prend pas le temps de se creuser la cervelle pour mettre ses idées en ordre, le temps presse).

Il y a longtemps on l'a mis en garde contre ce lieu. « On » était un vieux voyageur croisé dans une taverne quand il était un jeune praticien fringant ; normal que ce souvenir soit très lointain. Il fait donc fi de ce conseil… et reprend le chemin inverse pour retrouver le freluquet qui doit être prostré sur son rocher.

Ils se retrouvent à l'endroit exact où Rolf a littéralement abandonné Frido. Celui-ci ne s'est pas laissé dépérir, il a consommé tout ce que contenait le panier laissé par son chauffeur et, enroulé dans la couverture, il attend sagement sur son rocher. Le soir ne va pas tarder à tomber, la température chute rapidement et les rennes exhalent de la buée en piétinant. (Eux aussi ont faim et soif!)

Malgré l'heure tardive, les deux complices décident de reprendre le chemin du retour vers la maison de Rolf, pressés de mettre le plus de distance possible entre eux et cette portion hostile du territoire du Grand Nord.

Ils arrivent à destination au milieu de la nuit et, après quelques soins rapides aux rennes, s'écroulent devant la cheminée dont le feu couvert a rapidement repris du service, trop épuisés pour bouger ne serait-ce qu'un orteil, et s'endorment immédiatement.

C'est donc bien fourbus qu'ils se lèvent, seulement quelques petites heures plus tard pour en finir avec leur plan : Rolf doit conduire l'attelage complet à bonne distance de la troupe de lutins pendant que Frido retourne à l'atelier pour annoncer officiellement l'absence de leur chef et prendre en main la direction du lieu, avec, il l'espère, l'aide active de Rollo...

LA VIE A REPRIS SON COURS. TOC! TOC! QUI EST LÀ? SURPRISE!

Une fois la nouvelle de l'absence « temporaire » du père Noël diffusée à tous les étages de son fief, la vie reprend son cours, c'est à dire des journées rythmées par les repas, le repos et le travail de préparation du jour le plus important de l'année. Et ce travail ne manque pas, ce qui laisse peu de temps aux lutins pour conjecturer sur cette absence inédite.

Quand l'un d'entre eux demande des nouvelles, Frido reste vague, mais rassurant.

En ce qui le concerne, pour oublier qu'il va falloir trouver une solution pérenne après le 25 décembre à venir, puisque le patron ne reviendra pas, il se jette à corps perdu dans la gestion de l'atelier.

Il n'a pas eu de nouvelles de Rolf depuis le jour où ils se sont quittés, lui rentrant à l'atelier, Rolf partant au nord pour confier les rennes et leur attelage à quelqu'un de fiable et discret. Personne ne s'étonne de ne plus voir le vétérinaire, puisque les rennes sont partis avec leur maître.

L'effervescence de l'atelier atteint son paroxysme comme chaque année le soir du 24 décembre. On a pallié l'absence de l'attelage, réputé assurer la distribution (ce qu'il ne faisait en réalité que dans une proportion très modeste et dans un rayon kilométrique limité au nord de l'Europe, essentiellement pour le folklore et entretenir la légende) en renforçant les équipes de distribution, discrètes, mais efficaces.

Lorsque les derniers chargements ont quitté leur quai de départ, les lutins se retrouvent dans des locaux soudain silencieux, encombrés de chutes de papiers, morceaux de bois colorés, rubans de toutes sortes. Ils rejoignent comme un seul homme leur salle commune pour s'y restaurer, repas et repos bien mérités après cette intense activité.

Rollo et Frido se retrouvent comme chaque soir à la même table, côte à côte, épuisés, mais soulagés. Frido ne gâche pas le moment de détente de son bras droit et ami, il sera toujours temps dans quelques heures de chercher une porte de sortie à cette situation qui ne peut durer plus longtemps, il en a bien conscience. Il a entendu quelques lutins faire la remarque qu'il était dommage que M. Santa ne soit pas là pour les féliciter comme d'habitude de leur travail, et pour assurer sa part de distribution de cadeaux aux enfants, équipé de sa fameuse tenue rouge et blanc.

Soudain, un TOC-TOC ! sonore retentit : on frappe à la porte d'entrée. Qui cela peut-il bien être ? Personne n'aurait l'idée d'être dehors par cette nuit glaciale, pour venir à l'atelier !

Frido se lève pour aller vérifier. TOC-TOC ! insistant.

Frido déverrouille la lourde porte en bois sculptée, qui s'ouvre en chuintant, aidée par une rafale de vent accompagnée de flocons de neige aussi légers que du coton. Il distingue une silhouette massive sur le seuil peu éclairé. Instinctivement, il recule de deux pas, autant pour se protéger de la tempête qui forcit que mû par un sentiment de danger face à l'inconnu.

L'individu qui a toqué à la porte avance alors dans la lumière : il s'agit d'un gros homme doté d'une imposante barbe blanche, habillé trop légèrement pour la saison et portant sur son épaule un vieux tapis roulé. Son teint est livide comme s'il n'avait pas vu la lumière du soleil depuis plusieurs mois, ses vêtements sont tachés de terre et de moisissure, ses cheveux blancs abondants et frisés sont emmêlés et salis de feuilles mortes. Il dégage une odeur de vieille cave et de champignons vaguement pourris.

Frido reste bouche bée devant l'apparition. Il n'en croit pas ses yeux ! C'est le père Noël, ou en tout cas un individu qui lui ressemble, mais qui aurait passé plusieurs mois enfermé dans un souterrain. Comment est-ce possible ? Rolf lui avait pourtant assuré que le corps disparaîtrait définitivement sans laisser aucune trace !

— Ça sent drôlement bon ici ! croasse le gros homme. Je mangerais bien un morceau ! Ça fait un bail que je n'ai rien mangé ! ajoute-t-il en laissant tomber le tapis élimé à moitié moisi. Il parle avec difficulté, comme s'il avait des cailloux dans la gorge.

— Mais ! Père Noël, vous êtes… vous êtes… mais vous êtes mort ! bégaie le pauvre lutin complètement désemparé.

Derrière lui, les autres lutins, curieux de connaître l'identité de leur mystérieux visiteur de ce soir de Noël, ont fait irruption dans le grand hall, ont entendu ces paroles involontaires, et poussent des exclamations de surprise.

— C'est le père Noël ! Mais dans quel état est-il ? Que s'est-il passé ?

Frido est tout retourné, il aurait dû faire une enquête préalable sur cette faille que Rolf lui a présentée comme LA solution à son problème, car manifestement ce problème vient de resurgir à la porte de l'atelier.

La porte ouverte laisse entrer un air froid et des flocons de neige qui volètent autour du gros homme planté sur le seuil, lequel semble perdu, hésitant. Les lutins sont tous figés comme si on leur avait jeté un sort pour les transformer en statues. D'habitude si bruyants, ils chuchotent entre eux, ne sachant comment réagir.

Qu'est-il arrivé à leur maître pour qu'il réapparaisse après des mois d'absence, dans un état si négligé, avec un tapis en ruine et sans son attelage ?

Voilà maintenant que non seulement Frido va devoir s'expliquer auprès de ses camarades, mais aussi remettre la main fissa sur Rolf qui doit être au diable vauvert à jouer aux cartes et s'enivrer avec des compagnons peu recommandables.

La moutarde lui monte au nez. Faisant fi de son aversion, il empoigne le bras du bonhomme moisi pour le faire entrer, claque cette satanée porte avant que tout le monde soit congelé, et le conduit vers la salle commune, traversant la troupe des lutins impatients d'avoir une explication.

Frido installe d'autorité l'individu à une table, pose une assiette pleine et fumante devant lui. Il se tient raide comme un piquet, les bras croisés, les sourcils froncés :

— Mangez ! Réchauffez-vous ! Et ensuite une bonne nuit de sommeil dans votre lit vous aidera à retrouver vos esprits.

Le gentil lutin, bras droit de M. Santa, dévoué à son ancien maître et à toute la troupe de lutins de ce vénérable atelier, en a ras le bonnet de toute cette histoire. Jusqu'à ce soir, cette improbable aventure semblait prendre le bon chemin, mais contrairement à ce qui lui avait été assuré (satané Rolf, il ne perd rien pour attendre, celui-là) son problème n'est pas résolu, et maintenant il va falloir expliquer à tous ses collègues ce qu'il espérait « mort et enterré » selon l'expression consacrée.

LES MILLE VIES DU PÈRE NOËL. OÙ ON COMPREND ENFIN CE QU'IL SE PASSE. CONCLUSION.

Détailler tous les évènements du 24 décembre serait trop fastidieux.

Retenons l'essentiel :

Les lutins ont étonnamment bien pris toute l'histoire que Frido s'est finalement résolu à leur raconter.

Le père Noël rassasié, réchauffé, lavé et habillé de propre, bien que fatigué et amaigri, a expliqué à sa troupe dévouée que sa longévité exceptionnelle nécessitait tous les cent ans un processus qu'il ne pouvait détailler car très complexe et mystérieux, mais qui en substance le faisait mourir et ressusciter après avoir rechargé toute l'énergie et la bonne santé nécessaires pour affronter les cent années suivantes. Tout ceci à la barbe de tout le monde, mais cette année, pour une raison indépendante de sa volonté (peut-être la cruche d'eau-de-vie y est-elle pour quelque chose finalement), un grain de sable a enrayé la machine et une succession d'évènements fâcheux (et notamment l'intervention inappropriée de Frido) l'a propulsé au fond d'une crevasse glacée et inhospitalière, ce qui a retardé son retour à la vie et à l'atelier pour y jouer son rôle.

Frido ignorant tout de cette particularité de son patron, ne pouvait pas savoir que ses actions entraîneraient tant de difficultés pour un retour à la normale, habituellement quasi instantané. Il est donc tout excusé de ses décisions, prises pour le bien de l'atelier et la pérennité de son activité.

Atelier qui a retrouvé sa tranquillité dès le lendemain de Noël.

Les rennes ont été ramenés, toujours aussi gras et cabochards, dans leur écurie préférée.

Rolf a eu droit à une leçon de morale, ainsi qu'à l'obligation de suivre une cure de sevrage de tout type d'alcool. Ses prunes ne devront servir qu'à fabriquer des tartes et de la confiture. Il a signé une clause de non-divulgation de l'histoire de résurrection de M. Santa.

Dans cent ans, quand le moment sera venu pour le père Noël de s'éclipser pour revenir quasi immédiatement, les lutins n'en sauront rien, cette histoire aura été oubliée. Tous ceux qui en auraient été informés ne seront plus de monde.

Alors, chers lecteurs, nous comptons sur votre discrétion pour ne pas divulguer cet aspect obscur du personnage préféré des enfants... Chuuuuuuuut !

Printed in Great Britain
by Amazon

33207402R00099